TAKE
SHOBO

年下幼なじみと二度目の初体験？

逃げられないほど愛されています

西條六花

ILLUSTRATION
千影透子

蜜夢
MITSU
YUME

年下幼なじみと二度目の初体験？
逃げられないほど愛されています

CONTENTS

MITSU YUME

イラスト／千影透子

年下幼なじみと二度目の初体験？

逃げられないほど愛されています

プロローグ

五月の空は快晴で、すっきりと晴れ渡っていた。市街地は新緑が目に心地よく、街路樹が瑞々《みずみず》しい葉を生い茂らせている。

平日の午後、行き交う車が多い街中は、あまり流れがよくない。運転席でステアリングを握る向原瑠璃《むこうはらるり》は、緩やかに走らせていた車を減速させ、左にウインカーを出した。

後部座席に座っている二人が、会話に花を咲かせている。

「中川《なかがわ》くん、I県芸術祭の作品の進捗はどう?」

「今は黙々とパーツ造りですよ。かなり量が多いので、少々難儀しています。今年は結構気温が上がるのが早くて、このあいだはいきなり二十五度くらいの日があったじゃないですか？　作業がだんだんつらくなってくる季節なんですよねえ」

「一二〇〇度で鉄を熱するんだ、そりゃ暑いよな。でも冬は暖房いらずだろ?」

「ええ、まあ」

中川と呼ばれた男は現在三十歳で、嶋村画廊が抱える作家の一人だ。立体アートを専門とし、鉄をマテリアルとした彫刻作品が多い。今日は車で二時間ほどのところに構えたアトリエから、はるばる打ち合わせのためにやって来ていた。

その隣に座っているのは嶋村隼人《しまむらはやと》といい、瑠璃の上司で嶋村画廊のオーナーでもある。彼は別件の打ち合わせが終わり、先ほど瑠璃が車で拾ったばかりだった。

二人が顔を合わせるのは、約二カ月ぶりとなる。嶋村が中川に問いかけた。

「でも今回の依頼を受けるなら、納期がきつくなってくるのが心配だな。大丈夫？」

「I県芸術祭まで、あと四カ月ありますから。もし間に合わなそうな場合は、向原さんに手伝いにきてもらうのもいいかも」

「おお、その手もあるね」

「えっ、わたしですか？」

いきなり話が飛んできて、瑠璃はバックミラーにチラリと視線を向けて答える。

「わたしでお役に立てるなら、どこにでも行きますけど。具体的に何をすればいいんですか？」

「そうだなあ、コークスを運んだり、鉄板を炙《あぶ》って叩《たた》いたり」

「どうしても間に合わなくて手伝いが必要な場合は、中川さんのところに行って何でもやりますよ。その代わりオーナー、わたしがいなくても一人でしっかり仕事をしてくださいね」

瑠璃の言葉を聞いた嶋村が、あっさり前言を撤回する。

「あー、それは駄目だ。中川くん、やっぱ向原は貸せないわ」

彼と瑠璃、二人しかスタッフがいない嶋村画廊は、毎日かなりの激務だ。事務関係は瑠璃がほぼ一人で担っているため、何日も画廊を空ければ業務が滞るのは目に見えている。

車はやがて、街の中心部から少し南に下った場所にあるラヴィラントホテルに乗り入れた。五年前に開業したばかりだというこのホテルは、近代的な外観だ。「ビジネスとプライベート、両方を愉しめるラグジュアリーさと、五感を刺激するアートな空間」をコンセプトに造られ、館内には三百五十点を超えるアート作品が展示されている。今回は最上階である三十二階のロビーエントランスの作品の入れ替えが検討され、中川に制作依頼があっての訪問だった。

一階のエントランスに入ると、独創的なアートシャンデリアがかなりのインパクトで目に飛び込んでくる。ホウケイ酸ガラス、ムラーノガラスなどの手吹きガラスを組み合わせて造ったシャンデリアは華やかで美しく、瑠璃は思わずため息を漏らした。

「素敵……色もフォルムもすごいですね。燃え上がる炎を思わせる造形なのに、色は氷みたいに冴《さ》えて冷たくて」

「ガラス作家の、藤田洋平《ふじたようへい》さんの作品だな。五年前のオープンのときにも来たけど、何度見てもいい」

ホテル内は各階の共用部のみならず、客室すべてがアートをテーマにした空間だという。瑠璃はそれらに興味をそそられつつ、フロントに足を向けた。こちらに気づいた男性フロントクラークが、穏やかに挨拶してくる。

「いらっしゃいませ」

「嶋村画廊と申します。三時に吉田《よしだ》支配人とお約束しているのですが」

「お待ちしておりました。ご案内いたします」

二十代後半くらいに見える端正な顔立ちの男性フロントクラークが、ベルパーソンに目線を送る。ベルパーソンが「こちらへ」と微笑み、三人を案内した。

エレベーターに乗り、二十階で降りる。ミーティングルームで待っていると、数分で五十代半ばに見える支配人が現れた。

「ご無沙汰しております、嶋村さん。本日はご足労ありがとうございます」

「いえ、こちらこそご連絡ありがとうございます。こちらが当画廊の所属作家である、彫刻家の中川弘明《ひろあき》氏。そして私のアシスタントの向原です」

「初めまして」

「よろしくお願いいたします」

名刺を交換し、席に着く。支配人が説明を始めた。

「当ホテルが開業して五年、『ラグジュアリーな空間の中で、アートを愉しむ』というコンセプトは、広く浸透しつつあるという手ごたえを感じています。そこで今回、クラブフロアに展示中の作品を順次入れ替え、新たな風を吹き込むべく中川さんに白羽の矢を立てた次第です」

「中川くんの作品は、どれをご覧に？」

「近代美術館での展示、そして西区のマンションの中庭オブジェを」

瑠璃は持参してきた中川のポートフォリオを、嶋村に手渡す。中川の作品を見ながらひとしきり話をし、やがて支配人が言った。

「では実際の展示場所である、最上階のロビーエントランスにご案内します。現在は紙を使ったインスタレーション作品で有名な、冴木秀俊《さえきひでとし》さんの『AURULA』が展示中です」

その後、作品に求められるテーマを綿密に打ち合わせし、中川がいくつかデザインを提示することで話がまとまる。立ち上がったところで、中川が嶋村に声をかけた。

「アイデアをまとめるために、何日かここに通ってもいいですか？　ホテルの雰囲気を感じたいので」

「中川くんが日帰りじゃなくても構わないなら、こっちに何泊かすればいいよ。向原、どこか近くのホテルの手配を頼む」

「はい」

嶋村の言葉に瑠璃が頷いたところで、支配人が言った。

「そういうことでしたら、当ホテルにお泊まりになってはいかがですか？　滞在中は、館内を自由に見てくださって構いません。展示中の作品についても、手の空いているスタッフがご説明できますし。中川さんもそのほうがイメージを膨らませやすいのでは」

支配人の申し出に、嶋村が「そうさせていただこうか？」と中川に聞く。中川は喜色を浮かべて頷いた。

「うれしいなあ。これだけのアートが展示されてるホテルって、そうそうないしね。刺激を受けて、いいアイデアが浮かびそう」

支配人がフロントに連絡し、事情を説明する。彼に部屋をキープできたと告げられた瑠璃は、中川に問いかけた。

「ではわたし、フロントで宿泊手続きをしてきますね。何泊にしましょうか」

「三泊くらいかな。いいですか、嶋村さん」

「ああ」

所属する作家が作品の制作をする場合、かかる費用はすべて画廊が持つことになっている。制作費の他、打ち合わせの際の交通費や宿泊費もそれに含まれ、そうした手配をこなすのも瑠璃の仕事だった。

エレベーターで階下に下り、フロントに向かう。先ほどの男性フロントクラークが、瑠璃の応対をした。

「嶋村画廊です。宿泊の手続きをしたいのですが」

「はい、支配人から伺っております。こちらの宿泊者カードにご記入をお願いできますでしょうか」

朝食付きのプランにし、瑠璃は手渡されたペンで必要事項を記入する。その手元を見つめつつ、フロントクラークが説明した。

「チェックインの際、クレジットカードをご提示いただくか、お預かり金としてお部屋料金の倍額のご請求をさせていただいております。いかがいたしますか」

「では、こちらのカードで」

画廊の法人クレジットカードを提示すると、彼は「お待ちください」と告げて端末を操作する。瑠璃はエントランスロビーを見回した。

（やっぱりラグジュアリーさを売りにするだけあって、宿泊料金も高いんだ……）

一般庶民である瑠璃には、なかなか手が出せない金額だ。こうしたとき、経費で泊まれる作家のことが、ほんの少しうらやましくなる。

ふと瑠璃は、目の前に立つフロントクラークにじっと見つめられているのに気づいた。不思議に思った瞬間、彼は仕事の顔に戻って言う。

「お部屋はデラックスルームをご用意いたしました。よろしければ、今すぐにご案内いたしますが」

「あ、はい。では一度ミーティングルームに寄って、実際に泊まる中川もご一緒していいですか？」

ベルパーソンが案内に動こうとしたが、フロントクラークが何やら耳打ちし、彼をその場に留める。「こちらへ」とフロントクラークに誘われ、瑠璃はエレベーターホールに向かった。

やってきたエレベーターに乗り込むと箱が上昇し始め、沈黙が満ちた。このホテルは一番狭い部屋でも五十平米の広さがあり、ベッドがキングサイズだというから驚きだ。瑠璃はエレベーターの窓から遠ざかる地上の景色を眺め、何気なく操作パネルの前に立つフロントクラークの背中に視線を移した。

彼は背が高くしなやかな体型で、制服のスーツをきっちり着こなしている。背すじがすっと伸びた立ち姿や清潔感のある長さで整えられた黒髪、落ち着いた口調など、その振る舞いはスムーズでとても洗練されていた。理知的な印象の眼鏡がよく似合っていて、ホテルマンとして模範的な姿を体現している。

(立ち姿まできれいなんて、普段から相当姿勢に気をつけてるんだろうな……)

階数表示の電光パネルが、十七階までくる。そのときふいにフロントクラークが、瑠璃に背中を向けたままボソリとつぶやいた。

「……きれいになりましたね」

「えっ？」

瑠璃は驚き、まじまじとフロントクラークの背中を見つめる。

一瞬気のせいかと思ったものの、エレベーター内には二人しかおらず、彼の声がはっきりと耳に残っている。まるで以前からこちらを知っているかのような口ぶりだが、瑠璃は彼にまったく見覚えがない。

(誰？　ホテルマンの知り合いなんて、特にいないはず……)

それきり彼は口を閉ざしたまま、エレベーターが二十階に到着した。

ミーティングルームまで歩きつつ、瑠璃の頭の中には疑問符が飛び交っている。中川と嶋村を伴って客室まで案内してもらっているときも、モダンで豪華な部屋の内装を見ているときも、先ほどのことが気になって上の空だった。

　嶋村が中川に向き直り、彼に声をかける。

「じゃあ中川くん、明日から向原をサポートに付かせるから、デザインのほうを頼むよ。

何かあったら連絡して」

「はい、わかりました」

　中川と別れたあと、支配人と共に一階まで降りる。

　エレベーターを出るとき、案内してくれたフロントクラークは最後尾にいた。ロビーに
向かって歩き出した瞬間、後ろからさりげなくメモを手渡された瑠璃は、びっくりして彼
を振り返る。

（えっ、何、メモ……？）

　フロントクラークは、何もなかったかのようなポーカーフェイスだ。ふと彼の胸元の金
色の名札を見た瑠璃は、心臓がドクリと鳴るのを感じた。

（宇佐見《うさみ》……？）

　驚き、改めて彼の顔を見る。

　男の容貌は、かなり整っていた。すっきりとした頬、シャープな顎のライン、通った鼻
筋に切れ長の目など、鋭利な印象がありながらほんの少し甘さも漂っている。

（嘘《うそ》……昔とは全然違う。でも……）

　自分が知る「宇佐見」なら、一人しかいない。

　思わぬ再会に、心臓がドクドクと音を立てていた。支配人と彼が、車寄せのところで「では今後とも、よろしくお願いいたします」と頭を下げている。同じく頭を下げた嶋村が、瑠璃を見て言った。

「向原、どうした？　帰るぞ」

「あっ、はい！」

　我に返った瑠璃は、慌ててメモを握り込みながら彼らに頭を下げ、駐車場に向かう。くしゃくしゃになったメモ用紙が、手のひらに食い込んで痛かった。脳裏には、十一年前のでき事がよみがえっていた。

第一章

——十一年前。

まだ雪深い二月末、大学入試の合否を電話応答システムで知った瑠璃は、呆然《ぼうぜん》と受話機を置いた。

「受かった……」

第一志望の東京の大学は、合格だった。これまでの必死の努力を思うと、じわじわと喜びがこみ上げてくる。

パートで不在の母と仕事中の父には、メールで合格したことを伝えた。心配してくれていた祖父母に直接電話して「合格したよ」と伝えたところ、大喜びされてこそばゆい気持ちになる。

自室に戻った瑠璃は、じっと考え込んだ。

（……目標を達成したんだし、ついにアレを実行するときが来たんだわ）

鏡を引き寄せ、自分の顔を映し出す。

　そこには眼鏡に真っ黒なストレートヘアの、冴《さ》えない顔が映っていた。小学校のときも活発とはいえなかったが、中学高校と、瑠璃はいわゆる「喪女」だった。中学時代に眼鏡を掛け出してからそれは加速し、若い女の子らしい華やぎから縁遠い学生生活を送ってきた。

　高校生になって以降、人並みの恋愛に憧れたこともあったものの、地味な容姿と引っ込み思案な性格のため、それもままならなかった。思い切ってイメチェンをしようにも、クラスの華やかな子たちに笑われるのではないかと考え、なかなか踏み切ることができない。しかし大学を受験するに当たり、瑠璃は自分なりの目標を作った。

　——もし大学に合格したら、今までの自分を捨てる。新しい環境で、まったく違う自分に生まれ変わろうと。

　これまでは人目を気にしてできなかったが、東京に行けばそれは可能だ。誰も自分を知らない環境でなら、どんな風にも変われる。そして勉強もプライベートも頑張り、人生を謳歌《おうか》したい。そう考えていた。

　三月一日に高校を卒業した瑠璃は、それからしばらく東京での住まいを探したり、家具や家電の購入をしたりと、新生活の準備を忙しくこなした。その傍ら、雑誌を買ってファッションやメイクの勉強をしたが、上京する日が迫ると徐々に緊張が高まってくる。

（どうしよう……やっぱりアレをお願いするとしたら、尊《たける》しかいないかな）

　地元を後にする前に、瑠璃はどうしてもしておきたいことがあった。それを頼む相手について考えていたものの、やはり候補は自宅の二軒隣に住む幼馴染《おさななじみ》しかいない。

三月の中旬、瑠璃は自室の窓から外を監視し、彼が帰ってくるのを待った。その日は公立高校の修了式の日で、制服姿の尊は昼過ぎに駅の方角から歩いて帰ってきた。

瑠璃は急いで外に飛び出し、彼を呼び止めた。

「――尊」

「あれっ、瑠璃ちゃんじゃん。久しぶり」

振り返った彼は驚いた顔をしたものの、すぐに人懐こい微笑みを浮かべた。

宇佐見尊は、幼稚園の頃からの幼馴染だ。歳はひとつ下で、成長するにつれて接点は減っていったものの、こうして顔を合わせれば屈託なく挨拶をするくらいに親しい間柄だった。

瑠璃は尊の姿を、まじまじと見つめる。幼稚園の頃は標準より身体が小さかった彼は、高校二年になってかなり背が伸びていた。長い脚と広い肩幅、しなやかな身体つきは、無駄なところがなく理想的だ。かつて女の子のように可愛らしかった顔立ちは、今は男っぽさを加味してひどく整っている。性格は明るく、長めの髪は見るたびに色が違っていて、要するに彼は瑠璃と対極にいる典型的なリア充だった。

(どうしよう……やっぱりお願いするのをやめる？　いきなり切り出したら、たとえ尊でも引いちゃうかな……)

「瑠璃ちゃん？　どうしたの？」

尊が不思議そうに見つめてくる。瑠璃は慌てて口を開いた。

「あ、あの、久しぶりだね。今日で学校は終わり？」

「うん、そう。瑠璃ちゃんは大学に合格したんだっけ。うちの婆ちゃんから聞いたよ、おめでと」

「ありがとう……」

見るからに今風な男子なのに、昔から尊は瑠璃を適当にあしらったりしない。顔を合わせれば笑って話し、口調もフレンドリーで優しかった。

（そうだ。尊はこんなにかっこいいんだから、ひょっとしたら彼女がいるかも……）

もしそうならば、自分の持ちかける提案は迷惑かもしれない。そう懸念しつつ、瑠璃は彼に問いかけた。

「あ、あのね、尊。変なこと聞くけど」

「ん？」

「今、彼女いる……？」

瑠璃の質問に尊は目を丸くし、すぐに苦笑いして答えた。

「いないよ。二カ月前に別れて、それっきり」

「そっか……」

ならば大丈夫だろうか。そう考えた瑠璃は顔を上げ、思い切って口を開いた。

「じ、じゃあ、尊……」

「何？」

「えっと……」

切り出そうとしたものの、彼の整った顔を前にすると、途端に恥ずかしさが募った。みるみる頬が熱くなり、顔が真っ赤になっていくのがわかる。

そんな瑠璃を前にして、尊が怪訝な表情をした。

「瑠璃ちゃん？　どうしたの、一体。熱でもあるんじゃない？」

「な、何でもない！　ごめんね、いきなり話しかけて！」

額に触れられそうになり、瑠璃は急いでその場から逃げ出した。自室に逃げ込み、自分の煮え切らない態度に情けなさをおぼえる。

（サラッと、何でもないことのように言えばよかったのに……わたしの馬鹿）

その後、二度ほど尊を待ち伏せしたもののやはり切り出せず、そうこうするうちに上京する日が迫ってきて、瑠璃は意気消沈していた。

――もう諦めるしかない。無念さは残るが、元々荒唐無稽なお願いなのだから、最初から無理な話だったのだ。

そう決断した直後、誰もいない日中に尊が自宅を訪ねてきた。瑠璃は驚いて彼に問いかけた。

「尊……どうしたの？　いきなりうちに来るなんて」

「どうしたのって、こっちのセリフなんだけど」

尊の訪問理由がわからず、動揺する瑠璃に、彼は玄関先で顔をしかめながら質問してきた。

「ここ最近、俺に話しかけては結局何も言わずに逃げてくだろ。あれって一体何なの？」

「えっ、あれはその……」

瑠璃の不審な行動に、尊は少々辟易《へきえき》していたらしい。彼を煩わせてしまったことに、瑠璃の中に申し訳なさがこみ上げた。

（でも……）

今自宅には、誰もいない。父も母も仕事で、帰ってくるのは暗くなってからだ。これが最後のチャンスかもしれない——そう考えた瑠璃は、「あの、よかったら上がって話さない？」と、ぎこちなく尊を二階の自室に誘った。

部屋の中、ラグに向かい合って座り、歯切れ悪く切り出す。

「あ、あのね……」

「うん」

「何度も話しかけてごめんね、尊にお願いしたいことがあったんだけど。ちょっと、踏ん切りがつかなかったっていうか……」

尊は黙って瑠璃の言葉を待っている。瑠璃はドキドキする心臓を持て余しながら、うつむいて考えた。

（言わなきゃ……もう今日しかチャンスはないんだから）

何度か唾を飲み込み、覚悟を決める。そして顔を上げ、思い切って考えていることを口にした。

「お、お願いっていうのはね、実は尊に、わたしの初体験の相手になってほしくて!」

「……は?」

瑠璃の言葉を聞いた尊は目を見開き、驚いた表情をする。そして面食らった様子で問いかけてきた。

「初体験って……要するに俺とセックスしたいってこと?」

「そ、そうです……」

直接的な言葉に恥ずかしさをおぼえ、瑠璃の顔が赤らんでいく。

瑠璃が地元でどうしても済ませておきたかったのは、初体験だった。「これまでの自分を捨て、新しく生まれ変わる」と決めたとき、瑠璃はどうしても脱皮の象徴として初体験がしたかった。

地方都市で生まれ育った瑠璃にとって、東京は少し怖いイメージがある。たくさんの人が集まっているのだから、きっといろいろな人間がいるだろう。そうした中で流されて後悔しないために、前もってしっかりと経験しておきたい。その相手として選んだのが、幼馴染の尊だった。

尊は顔立ちが整っていて社交的な分、性体験が豊富そうだ。実際に女の子と一緒にいるのを見たことも、何度かある。そんな彼なら、きっと後腐れなくセックスに応じてくれるに違いない――そう思い、声をかけたというのが、今回の目的だ。

尊が呆《あき》れた顔をしてため息をついた。

「あのさ、そういうのって焦ってやるもんじゃないよ。わざわざ俺なんかに頼まず、好きな人ができたときでいいんじゃない？」

「わたし、どうしても今すぐ経験したいの。尊ならいろいろ知ってそうだし、全然知らない人よりいいかなって思って」

「『知らない人』って、瑠璃ちゃんさ……」

「駄目？」

意外にも尊の反応が芳しくなく、瑠璃はじわじわと失望する。そこでふと思った。

――もしかすると、彼は地味な自分にその気になれないのかもしれない。だとすれば突然こんな提案をされて、ひどく困っているというのも考えられる。

（そうだ……わたし、自分のことしか考えずにこんなお願いをして）

部屋の中には、重い沈黙が横たわっている。

考えれば考えるほど、自分の推測が当たっている気がした。これだけ容姿が整っていて、つきあう相手に不自由しなさそうな尊が、わざわざ冴えない女を相手にする理由がない。

そんな惨めな思いに苛まれ、瑠璃はぎゅっと強く拳を握ると、尊の顔を見ずに謝罪した。

「あの……ごめんんね。いきなりこんなお願いをされて、尊、戸惑ってるよね」

尊は押し黙って、答えない。瑠璃は焦って言葉を続けた。

「えっと、さっきの言葉は忘れて。尊の言うとおり、無理にやるのもおかしい気がするし」

「……とか言いながら、俺が断ったら瑠璃ちゃんは『知らない人』にお願いするつもりなんだろ」

「えっ？」

瑠璃はドキリとして尊を見る。彼は渋面を作って視線を返してきた。

「そういう考えって、悪いけど全っ然理解できない。そもそも俺、瑠璃ちゃんの中で一体どういう人間だと思われてるんだよ」

ぼやく口調で、尊は深くため息をつく。そして瑠璃を見つめ、仕方なさそうに口を開いた。

「――わかった、いいよ。ヤろう」

「えっ……」

「うちに行って、避妊具《ゴム》持ってくるから。ちょっと待ってて」

尊が立ち上がり、瑠璃の部屋を出て行く。その後ろ姿を見送った瑠璃は、思いがけない展開に呆然としていた。

（待ってててって……すぐ戻ってくるってこと？　えっ、本当にするの？）

一気に頭が煮えたようになって、瑠璃は混乱する。

当初の狙いどおりOKしてもらえたのだから、ラッキーだ。しかもわざわざ避妊具を持ってきてくれるというのだから、意外にも尊はそういう部分がしっかりしているのかもしれない。

（どうしよう、どうやって待ってればいいの？　べ、ベッドに入ってるとか？）

無駄に部屋の中をウロウロし、鏡を見て髪を整えたり、今日どんなブラを着けているのかを確認する。そうこうするうちに再び部屋のドアが開き、瑠璃はベッドの前で中途半端な姿勢を取ったまま、びっくりして尊を見た。

「あ……」

「何やってんの？」

「えっと、どうやって待ってればいいのかなって……ベッドにいたほうがいいのかとか」

「まあ、どこにいたっていいけどね」

尊が笑って言う。

「シャワー浴びたいなら、浴びてくれば？　俺はここで待ってるから」

「あ、うん……」

（そっか、する前にはシャワーか……）

さすが尊は、こうした流れに慣れている。そう思いつつ、瑠璃は階下に行ってシャワーを浴びる。平日の午後三時に入浴するなど初めてのことで、普段と違う行動ににわかに緊張が高まった。

（そういえばブラ、どうしよう）

身体を拭きながらふとそんなことを考え、瑠璃は動きを止める。

このあとの展開を思うと、着けないほうがいいのだろうか。しかしあまりにも無防備な気がして落ち着かず、結局元通りに下着と衣服を身に着けた。

気づけばかなりの時間が経っていて、急いで部屋に戻る。尊はラグに座って携帯をいじっていた。

「遅かったね」

「う、うん……」

「やめたいなら、俺は帰るよ。どうする？」

意外な提案に驚いた瑠璃は、急いで首を横に振る。

「ううん、やめない」

「そっか」

尊が苦笑いし、立ち上がる。そして携帯をテーブルに置いてベッドに腰掛け、瑠璃に向かって言った。

「じゃあヤろ。──おいで」

「……っ」

躊躇《ためら》いながら歩み寄った瑠璃を、尊が自分の脚の間に招く。彼は瑠璃の両手を握り、下から見上げてきた。

「キスはあり？」

「あ、尊が嫌じゃなかったら……」

「嫌じゃないよ。キスは好き」

瑠璃の眼鏡をはずした尊が、それをベッドサイドに置く。彼は大きな手で後頭部を引き寄せ、唇に触れるだけのキスをしてきた。間近で尊の整った顔を見た瑠璃は、高鳴る胸の鼓動を持て余す。何度か繰り返され、やがて吐息の触れる距離で彼がささやいた。

「目、閉じて」

「ん、っ……」

唇の合わせから、尊の舌がそっと押し入ってくる。初めて触れる他人の舌は柔らかく、そして温かかった。

ゆるゆると舌先を舐《な》め、絡ませられる。徐々に押し入ってきた舌に口腔《こうこう》をいっぱいにされ、瑠璃は喉奥からくぐもった声を漏らした。

「うっ……ふ、っ……んっ」

呼吸がしづらく、どのタイミングで息継ぎをしていいのかわからない。気づけば身体が熱くなり、頭の芯までもがぼうっとしてきていた。

口の中に互いの唾液が溜《た》まって、こぼれそうになったそれを瑠璃は飲み下す。途端にクラリとした酩酊《めいてい》をおぼえ、熱っぽい息を吐いた。唇を離した尊が、瑠璃の顔を見て笑う。

「キスだけでとろんとした顔するなんて、瑠璃ちゃんは可愛い」

「っ……だって……」

「ここからは、やめてって言っても止まんないよ。いい?」

頷《うなず》いた次の瞬間、瑠璃はベッドに押し倒される。上に覆い被さった尊が、首筋に顔を埋めてきた。

「あ……っ!」

同時に彼の手が胸に触れてきて、瑠璃は息を詰める。やわやわと揉《も》まれる感触と首筋を這《は》う唇に息を乱すと、尊が耳元でささやいた。

「脱がすよ」

着ていたカットソーを脱がされ、床に放られる。ブラだけの姿にされるとにわかに部屋の明るさが気になり、瑠璃はぎゅっと唇を噛《か》んだ。その様子を見た尊が腕を伸ばし、ベッドのすぐ横にあるカーテンを閉める。

「……これでいい?」

「う、うん。ありがと」

「まあ、まだ日中だし、閉めても真っ暗にはならないけどね」

気遣いにうれしくなったのも束の間、そんな発言をされて、瑠璃は落ち着かない気持ちになる。微笑んだ彼の手が素肌に触れ、脇腹から胸を辿《たど》った。

「瑠璃ちゃん、色が白い。肌もすべすべで気持ちいいな」

「っ……」

首筋から鎖骨、胸のふくらみにキスを落とされ、瑠璃はやるせない思いで腕で顔を隠

す。自分から誘ったくせに、胸の内には不安と羞恥、両方の気持ちが渦巻いていた。そうした思いを知ってか知らずか、尊は焦らずにゆっくりと行為を進める。

背中に回った手にブラのホックをはずされ、緩んだカップからふくらみがこぼれ出た。瑠璃の腕から肩紐《ひも》を抜いた尊が、それを床に落としながら無防備な胸にキスを落とす。

ふくらみの先端に触れられた瞬間、身体がビクリと震えた。指の腹でいじられるうち、皮膚の下からむず痒《がゆ》いような感覚が湧き起こってきて、瑠璃は居心地の悪さをおぼえた。刺激を受けて尖《とが》ったそこを尊が軽く吸い上げ、瑠璃は小さく声を上げる。

「ぁ……っ！」

吸われたり舐められたりするたびに、淫靡《いんび》な気持ちがじわじわとこみ上げてきていた。ときおり強く吸われると、じんとした痛みとかすかな快感がない交ぜになり、呼吸が乱れる。もう片方も同じようにされ、瑠璃はどうしていいかわからずに足先を動かした。

それを見た尊が、笑って問いかけてきた。

「気持ちいい？」

「んっ……わかん、ない」

「そっか。初めてだしな」

相変わらず胸を嬲《なぶ》りながら、尊の手が肌を這い回る。スカートをたくし上げて太ももを撫《な》でられ、彼の手が下着に触れた。布越しに脚の間を撫でられた瑠璃は、ザワリとした感覚に動揺する。

「っ……はっ」

「熱くなってる。直に触るよ」

「あ……っ！」

　下着の中に入り込んだ手が、花弁を割る。敏感な尖りに触れられた瞬間、思わず腰が跳ねた。そのまま尊の手がぬかるんだ合わせをなぞってきて、ぬるりと指が滑る感触に羞恥が募った。

「やっ……ま、待って……！」

「もう止まんないって、さっき言っただろ。瑠璃ちゃんは感じやすいんだな。すごく濡れてる……」

「あっ、ぁ……っ」

　ぬめりを広げるように指を動かされ、先ほどビクリとしてしまった尖りに触れられる。ぬるついた指で撫でられるたび、甘い電流のようなものが走るのがたまらなかった。

　おそらくこれが、快感なのだろう。蜜口が先ほどより潤みを増し、体温が上がって、気づけば上衣を脱がされた直後に感じていた肌寒さがなくなっている。

　素肌に触れる尊の服のさわさわとした感触が落ち着かなく、瑠璃は彼のカットソーをつかんでささやいた。

「た、尊は脱がないの……？」

「ん？　脱いでほしい？」

瑠璃が頷くと尊は上体を起こし、着ていた服を頭から脱ぎ捨てる。

途端に現れたゴツゴツとした骨格、締まった身体のラインに、瑠璃はドキリとした。彼の身体つきは若木のようにしなやかで、若干逞《たくま》しさには欠けるものの、爽やかな色気がある。

(これが男の子の身体なんだ……)

瑠璃は手を伸ばし、尊の上腕にそろりと触れる。皮膚のすぐ下には筋肉があり、硬い感触に胸が高鳴った。

「触りたいなら、もっと触っていいよ」

楽しそうな尊の発言に、瑠璃は半ば無意識だった自分の行動が恥ずかしくなる。慌てて視線をそらし、小さな声で答えた。

「も、もういい……」

「そう?」

尊は瑠璃に覆い被さると頬を撫で、指先で乱れた髪を払った。

「続きしよっか。初めてなんだし、うんと優しくするから」

改めてキスをされ、瑠璃は躊躇いながら唇を開いて彼の舌を受け入れる。ゆるゆると舌を絡ませながら肌を撫でられると、その乾いた手のひらの感触に徐々に緊張が解《ほど》けた。

少しずつ肌を合わせている状況に慣れ、気持ちに余裕が出てくる。自分よりわずかに高い体温も、想像より柔らかい舌の感触も、知ったのは初めてなのに決して嫌ではなかった。

しかしそんな余裕は、尊の行動によってすぐになくなってしまう。身体を起こした彼は瑠璃のスカートと下着を脱がせると、脚を広げておもむろに顔を埋めてきた。

「あっ……！」

思わぬところを舌で舐められ、瑠璃はびっくりして尊の髪をつかんだ。その手首をぐっと押さえ、彼は脚の間でささやく。

「……じっとして」

「んっ、や……っ」

温かな舌が敏感な尖りを舐め、ときおり押し潰してくる。

そのたびに走る電流のような快感に、瑠璃は身をよじった。尊の手が有無を言わせぬ力で太ももを押し広げていて、脚を閉じたいのに動かすことができない。カーテンを閉めていても室内は薄明るく、何もかも見られている羞恥に、瑠璃の瞳に涙がにじんだ。

「はぁっ……ぁっ、や……っ」

恥ずかしくてたまらないのに、蜜口がどんどん潤んでいくのを止められなかった。花芯を飽かずに嬲っていた尊が、愛液が溢《あふ》れる蜜口に舌を這わせる。音を立てて吸われ、くまなく舐められて、中まで舌がめり込む感触は強烈だった。

その瞬間、頭が真っ白になるような感覚に襲われ、瑠璃は小さく声を上げた。

「っ、あ……っ！」

じんとした甘ったるい快感が身体の中心を突き抜け、ビクリと震えたあと一気に脱力する。息を乱してぐったりしていると、尊が口元を拭いながら身体を起こした。

「達《い》っちゃった？　ほんとに感じやすいんだな」

（……これが達くっていう感覚なんだ）

頭の片隅で、瑠璃はぼんやりと考える。未経験ながら「すべての女性が、そういう感覚を味わえるわけではない」という知識はあって、自分があっさり達ってしまったことに妙な感慨が湧いていた。

そんな瑠璃の目の前で、尊がズボンのウエストをくつろげる。彼は既に兆していた自身を取り出し、慣れた手つきで避妊具を着けた。うっかりその大きさを見てしまい、身をすくませる瑠璃の脚を広げて、彼が言う。

「挿れるよ。……力抜いてて」

「あ……」

蜜口にあてがわれた屹立《きつりつ》は、硬く充実していて熱かった。

ぐっと亀頭を押し込まれ、その圧力に瑠璃は息をのむ。硬いものが隘路《あいろ》を進むにつれてじわじわとした痛みに襲われ、思わず手元のベッドカバーをつかんだ。

「っ、あ……っ」

（いや、痛い……っ）

広げられた入り口が裂けそうな痛みを訴え、それ以上受け入れるのが怖くなる。しかし言い出せず、ぎゅっと目を瞑《つぶ》った瞬間、尊がわずかに腰を引いた。

「痛い？　ゆっくりするから、息して」

「は……っ」

彼は強引に進もうとはせず、何度か抜き差しを繰り返して奥まで挿れてくる。やがて尊は浅く息をする瑠璃に覆い被さり、頭を抱え込むと、目元にキスを落とした。

「……全部挿入ったよ」

受け入れたところがじんじんと熱っぽい痛みを訴え、身体の中に息苦しいほどの圧迫感がある。それでも全部入ったことに安堵《あんど》し、瑠璃はポロリと涙を零した。

それを見た尊は目を瞠《みは》り、一瞬何ともいえない顔をしたものの、すぐに唇で涙を吸い取ってささやく。

「……動いていい？」

「あっ……！」

緩やかに奥を突かれ、中がぎゅっと強く屹立を締めつけてしまう。何度かその動きを繰り返したあと、尊はわずかに腰を引いた。ズルリと内襞《ひだ》が擦れる感触に肌が一気に粟立《あわだ》ち、瑠璃は声を上げる。

「んっ、ぁ……っ」

少しずつ動きを大きくされ、律動に身体を揺さぶられる。入り口は相変わらずピリピリとした痛みを訴えていて、挿れられる重い質量も怖い。

そんな瑠璃の耳元で、尊がささやいた。

「……瑠璃ちゃんの中、ぎゅうぎゅうに狭いけど濡《ぬ》れてきた」

「うっ、あ、嘘……っ」

「ほんとだよ、音聞こえるだろ」

確かにきつく締めつけていた最初より、尊の動きがスムーズになった気がする。律動のたびに湿った水音が立ち、突き入れられた切っ先がひどく敏感な場所をかすめる瞬間があって、瑠璃は声を我慢することができなかった。

「ぁっ……は、ぅっ……あっ」

最初に感じていた苦痛は、気づけばだいぶ和らいでいた。ときおり尊が熱っぽく息を吐くのが見え、そんな様子から瑠璃は目が離せなくなる。

瑠璃は尊の二の腕に触れると、思い切って彼に問いかけた。

「あっ……尊は気持ちいい？」

「ん？」

「わ、わたしが相手でも……あの」

瑠璃の言葉を聞いた尊が目を丸くし、すぐに眦《まなじり》を緩める。彼は瑠璃の髪に顔を埋め、ぎゅっと頭を抱き込んで答えた。

「——すげー気持ちいいよ」

「……ほ、ほんと？」

「うん。気を抜けばすぐ達っちゃいそう」

瑠璃の中に、安堵が広がる。こちらの都合でしてもらっている行為だが、少しでも尊に喜んでもらえるとうれしい。

そんな考えが顔に出ていたのか、尊は瑠璃を見つめてボソリと言った。

「……こんなに可愛いなんて、ほんっと想定外だ」

「えっ、ぁ、何……？」

「ごめん、もう達きそう」

一気に抽送を速められ、瑠璃は突然の激しさになすすべもなく喘ぐ。

尊の表情から余裕がなくなっていて、果てを目指す荒っぽい動きに翻弄された。熱を帯びて硬くなった屹立が、隘路を何度も行き来しながら奥まで押し込まれる。

やがて瑠璃の体内に深く自身を突き入れ、彼がぐっと顔を歪めた。それを見た瑠璃は、尊が薄い膜越しに吐精したのを悟った。

「んんっ……」

根元まで突き入れられた大きさが苦しくて、瑠璃は眉を寄せて呻く。狭い内部でビクビクと屹立が震える様子がつぶさに感じられ、その淫靡さに呼吸が乱れた。

尊が充足の息を吐き、身体の力を抜く。そして手を伸ばし、瑠璃の頬に触れて謝ってきた。

「ごめん、最後ちょっと激しくしちゃった。痛かった？」

「……ううん」

ほんの少しの嘘を混ぜて否定すると、尊は申し訳なさそうに「本当にごめん」と再度謝ってくる。そして慎重に萎えた自身を引き抜き、ティッシュで後始末をした。

「ベッドカバー、少し汚れた。……血が付いてる」

「えっ？　……あ」

初めての行為だったため、わずかに出血したらしい。瑠璃は顔を赤らめ、慌ててカバーを引き寄せながら答えた。

「あの、大丈夫。自分で洗濯するし」

「そっか」

気だるさを感じる身体を動かし、互いに無言で衣服を身に着ける。脚の間にまだ何かが挟まっているような違和感をおぼえつつも、瑠璃は無事に事を終えられてホッとしていた。

先に身支度を終えた尊は、じっと目を伏せて何かを考え込んでいる。やがて彼は、顔を上げて瑠璃を見た。

「あのさ、瑠璃ちゃん。俺は……」

「何？　──あっ、大変」

スカートを穿《は》いたところで、ふとベッドサイドの時計が目に入った瑠璃は、慌てて尊に言った。

「お母さんがパートから帰ってきちゃう。尊、悪いけどもう帰ってもらっていい？」

「えっ？　ああ、……うん」

「ごめんね、急がせて。今日は本当にありがとう。尊が引き受けてくれて、すごくうれしかった」

はにかみながら笑顔を向けると、尊は微妙な表情で視線を返す。そんな彼を追い立てるように階下まで送り、瑠璃は「またね」と笑って玄関のドアを閉めた。

しんと静まり返った家の中、瑠璃はそっと息をつく。身体の芯にはまだ鈍い痛みと甘い感覚が残っていて、先ほどまでのひとときを思い出し、頬が赤らんだ。

（やっぱり、尊にお願いしてよかった。……すごく優しくしてもらえたし）

初体験としては、満足のいく結果だった。そう考え、瑠璃は達成感に表情を緩める。

（何だか今までのうじうじした自分を、きっぱり捨てられた感じ。これで心置きなく、東京に行ける……）


尊と抱き合った翌日、瑠璃はかねてからの予定どおり、飛行機で東京に旅立った。

新しい住まいに届いた荷物を慌ただしく片づけたあと、美容室で長かった髪を切り、眼鏡をコンタクトレンズに変える。そしてそれまで着ることのなかった流行の服を買い、トレンドのメイクをきっちりマスターして迎えた大学生活は、順風満帆だった。

結果的に、イメチェンは成功したといっていい。瑠璃は喪女として敬遠されることなく友人が多くでき、勉強に勤しむ傍ら、サークル活動を大いに楽しんだ。大学一年の秋には人生初の彼氏ができて、半年ほどつきあったのちに、互いに何となく冷めて別れた。

その後も現在に至るまで、数人の相手と交際した。大学を卒業したあとは地元に戻り、独り暮らしをしながら商社に数年勤めたものの、趣味の美術鑑賞が高じて現代アートを扱う嶋村画廊に転職した。

以来三年間、オーナーの嶋村のアシスタントとして所属作家のマネジメントや雑務を担い、多忙な毎日を過ごしている。

今思えば、やはり十一年前に思い切って自分を変えたのが人生の転機だったのだろう。現在の瑠璃は、それなりの容姿にそれなりの服を身に纏《まと》う、こなれた二十九歳だ。仕事に誇りを持ち、毎日が充実していて、かつて喪女だった頃の面影はまったくない。

ラヴィラントホテルで打ち合わせを終え、車で画廊まで戻る二十分ほどの距離の中、助手席に座った嶋村がすぐに舟を漕《こ》ぎ始めた。赤信号で車を一時停止させた瑠璃は、ポケットにあったクシャクシャのメモを取り出して開いてみる。

中にはバーらしき名前と住所、そして「20：30」という時間が走り書きで記されていた。

（……ここに来い、っていう意味だよね。やっぱり）

このメモを渡してきたフロントクラークは、「宇佐見」という名札を付けていた。見た目も物腰もあまりにもかつての彼とは違っていたが、瑠璃の知る「宇佐見」は尊一人しかいない。

たとえこれを無視しても、瑠璃は明日以降、中川のサポートをしにラヴィラントホテルに行かなければならない。フロントクラークである尊とは、必然的に顔を合わせてしまうだろう。

（もし彼が尊なら、一体わたしと何を話したいんだろう……）

久しぶりに会った幼馴染を、懐かしく思ったのだろうか。十一年という空白の期間を思うと、彼とどんな会話をしていいかわからない。

信号が青に変わり、周囲の車が動き出した。ゆっくりとアクセルを踏み込みながら、瑠璃は複雑な気持ちで眩《まぶ》しい西日に目を細めた。

第二章

日中は晴れて暖かくても、五月の夜は気温が下がり、まだ肌寒さを感じる。

午後八時半、歓楽街にある指定されたバーに辿《たど》り着いた瑠璃は、その重厚なドアを見つめた。

（ここ……？）

どうやらこの店は、ジャズバーらしい。ドアを開けた瞬間、生のピアノ演奏の音が耳に飛び込んできた。中は都会的な雰囲気でセンスがよく、ほどほどの客入りでにぎわっている。

若いホールウェイトレスが「いらっしゃいませ」と声をかけてきて、瑠璃は答えた。

「すみません、待ち合わせをしているんですが……」

店内を見回したところ、奥の客席に一人の男が座っているのが見える。瑠璃は「あ、連れがいました」と彼女に頭を下げ、そのテーブルに向かった。

フロアの真ん中には大きなグランドピアノがあり、そこではピアニストが生演奏をしている。それを眺める男の姿を、瑠璃はじっと見つめた。――服装はスーツで、黒髪は昼間と同じくきっちりセットされている。仕事を離れている時間帯にもかかわらず、彼の雰囲気は昼間見たホテルマンのままだ。

どう見ても、過去の印象と結びつかない。瑠璃の中の「宇佐見尊」は、リア充男子高校生で時が止まっている。

視線に気づいた男が、ふとこちらを見た。瑠璃がゆっくり歩み寄ると、彼は穏やかに微笑む。

「こんばんは。お待ちしていました」

「あの……」

「突然あんなメモを渡して、申し訳ありません。どうしてもあなたとお話がしたかったので」

彼の落ち着いた声音は、聞き覚えがある気がするし違う感じもする。何よりかつては、こんな喋《しゃべ》り方をする男ではなかった。瑠璃は複雑な気持ちで問いかけた。

「……宇佐見、さん？」

「はい」

「失礼ですけど、あなたの下の名前は……尊、でしょうか」

瑠璃の言葉を聞いた彼は、ニッコリ笑う。そして穏やかな口調は崩さずに言った。

「さあ。どう思います？」

瑠璃が答えられずに押し黙る様子を、彼がじっと見つめてくる。

沈黙にいたたまれなさが募り、周囲のざわめきやカトラリーが触れ合う音が、やけに大きく聞こえていた。バッグの持ち手を強く握った瞬間、目の前の彼が唐突に噴き出す。呆《あっ》気《け》に取られる瑠璃の前で、彼は笑いながら目を細めた。

「なんてね、意地悪はほどほどにしようか。久しぶりだね、瑠璃ちゃん」

一気に砕けた口調と懐かしい呼び方に、瑠璃の中で確信が深まる。しかしまだどこか信じられず、恐る恐る問いかけた。

「あの、本当に……尊なの？」

「どうして？」

「だって、雰囲気が……」

「ああ、これじゃわかんないか」

彼は笑い、掛けていた眼鏡をはずす。そして撫《な》でつけられていた髪を、手櫛《ぐし》でラフに崩した。

途端に雰囲気がガラリと変わり、瑠璃は目を瞠《みは》る。端正だが甘さのある顔立ちは見覚えがあるもので、彼は確かに瑠璃の知る宇佐見尊だった。

「座ったら？　飲み物は何がいいかな。この店はたまに来るんだけど、酒の種類がすごく豊富で美味いよ」

尊がフロアにいた店員を手を挙げて呼び、瑠璃は席に着いてアルコールのリストを見る。そして「ワインクーラーを、ロゼで」と注文し、店員が去ったところで改めて目の前の彼を見つめた。

「……何？」

尊がはずした眼鏡を胸ポケットにしまいながら、微笑んでこちらを見る。瑠璃は少々気後れしながら答えた。

「すっかり印象が変わってて……わかんなかった。眼鏡なんて掛けて、髪だって」

「そりゃ、昔みたいにチャラチャラしてられないでしょ。もういい歳なんだからさ」

尊が苦笑し、目の前のウイスキーのグラスを傾ける。瑠璃のひとつ下だから、現在の彼は二十八歳だ。当たり前に酒も飲む年齢だろう。

そんなふうに考える瑠璃に、尊が説明した。

「眼鏡はね、軽くしか度は入ってないんだけど、ホテルマンらしい雰囲気を演出するためにわざと掛けてるんだ。俺は顔立ちが派手で、何となく軽く見えるから」

「そっか」

確かに眼鏡があるのとないのとでは、全然印象が違った。仕事中の尊はひどくストイックな雰囲気だったが、今の彼からは親しみやすさと男らしい色気が感じられる。

尊が続けて言った。

「でも、俺のことばっか言えないよ。瑠璃ちゃんも昔に比べたら全然違うし」

「そう？」

「うん。――見違えるほどきれいになってて、びっくりした」

蠱惑《こわく》的な眼差しを向けられ、瑠璃はドキリとする。そこでホールウェイトレスが酒を運んできて、尊が自分のグラスを持ち上げた。

「乾杯しよう。俺と瑠璃ちゃんの、十一年ぶりの再会を祝して」

「あ、そうだね」

「乾杯」と言いながらグラスを合わせ、瑠璃はワインクーラーを一口飲む。尊が自分と会わなかった期間を、正確に覚えているのが少し意外だった。

「瑠璃ちゃんは画廊に勤めてるんだな。もう長いの？」

尊がそんなふうに話を振ってきて、瑠璃はグラスを置いて答える。

「三年くらい。大学卒業後は商社に勤めてたんだけど、アート好きが高じてこっちの業界に飛び込んだの。今はオーナーのアシスタントをしてる」

「へえ」

「尊はずっと、ホテルマン？」

「そうだよ。高校を卒業してから、専門学校の国際ホテル科に進学したんだ。あちこちのホテルのインターンシップに参加したあと、今の職場に就職して、ベルパーソンを経てフロント業務っていう流れ」

「ふうん……」

高校時代の尊は、ホテル業界に興味がありそうな雰囲気をまったく感じなかった。近所で会ったときに少しだけ言葉を交わす関係だった瑠璃は、彼の志望を知る機会がなかったが、そうした職種を選んだことが予想外だ。

酒を飲みながら話すうち、徐々に緊張が解けてくる。この店のカクテルはやけに美味しく、空きっ腹で飲んだせいか瑠璃はふわふわとした酩酊《めいてい》を感じていた。

一方の尊はまったく酔った雰囲気がなく、マイペースを保っている。少し不満になった瑠璃は、彼に言った。

「尊、全然飲んでない。人にはどんどん勧めるくせに」

「明日は早番だから、あんまり飲むわけにはいかないんだよ。本当は夜勤の予定だったんだけど、他のスタッフの都合で急遽《きゅうきょ》朝から出なきゃいけなくなって」

今日の尊は遅番で、昼の十一時半から夜八時までというシフトだったらしい。通常、遅番の翌日は夜勤となっており、夕方五時から翌日の昼十二時までという勤務になるはずだったが、明日は早番スタッフの一人が休むために穴埋めで出るという。

「大変だね……」

「ホテルは二十四時間営業だからね。変則的だけど、もう慣れた」

互いの仕事について話すうち、気づけば一時間半ほどが経っていた。チラリと時刻を確認した瑠璃は、「そろそろ帰ろうかな」と考える。

(尊も明日早番なら、お開きにしたほうがいいよね。わたしも少し酔っちゃったし)

「尊、わたしそろそろ──」

話が一段落したところで、瑠璃は「もう帰る」と告げようとした。しかしその瞬間、向かいに座る尊に突然手を握られ、ドキリとする。

「……っ、た、尊?」

「今日、エレベーターの中で瑠璃ちゃんに『きれいになった』って言ったの、社交辞令じゃないよ。瑠璃ちゃんは俺がわからなかったみたいだけど、俺は最初にフロントに来たときから見覚えがある気がして、引っかかってた」

確信を得たのは、瑠璃が中川の宿泊の手続きに来た際、法人クレジットカードを提示したときだという。

「カード名義の『嶋村画廊』の下に、使用者として瑠璃ちゃんの名前が入ってた。それを見て、やっぱりって確信したんだ」

瑠璃は尊に握られたままの手が、ひどく落ち着かなかった。放してほしくてモゾモゾと動かすものの、彼はがっちりと握って離さない。

「あの、尊……」

「十一年前、俺と初めて寝たあと、瑠璃ちゃんは何人とつきあった?」

突然問いかけられ、瑠璃は驚いて尊を見つめた。

これまでずっと話していたのは仕事のことばかりで、互いにその話題には一度も触れていない。思えば尊をこちらの初体験につきあわせて以来、初めて顔を合わせたのが今日だ。

瑠璃はほんの少しばつの悪さをおぼえながら、歯切れ悪く答えた。

「……三人、かな」

「大学に入って、彼氏ができた?」

「うん」

「そっか。じゃあ俺との経験が、役に立ったってわけだ」

尊がどこか自嘲的に笑い、瑠璃は居心地の悪い気分を味わう。

十一年前の瑠璃は、冴《さ》えない自分を捨てるのに必死になっていた。そのプロセスのひとつが「初体験をする」というもので、今思えば何をそんなにこだわっていたのだろうと感じるが、尊が初めての相手だったことは後悔していない。

「出ようか。こっちから誘ったんだから、今日は俺が奢《おご》るよ」

尊が手を離して立ち上がり、瑠璃はホッとする。気づけば自分ばかり杯を重ねていたため、「せめて割り勘で」と粘ったが、尊は頑として譲らず、結局奢られてしまった。

外に出ると、火照った頬にひんやりとした夜気が心地よかった。思いのほか酔いが回っていて、瑠璃はぼんやりと「早く帰って、シャワーを浴びて寝よう」と考える。

駅の方向に歩き出したところで、尊がふいに「こっちだよ」と言って瑠璃の肩を強く引き寄せた。

「えっ? あの……」

尊は大きな通りに面した、瀟洒《しょうしゃ》なシティホテルに入っていく。瑠璃は焦って問いかけた。

「尊? ここはどういう……」

尊は迷いのない足取りでフロントに近づき、「先ほど予約した宇佐見と申しますが」と告げてチェックインした。部屋への案内を断ってキーを受け取った彼は、瑠璃を連れてエレベーターホールに向かう。

「……いつのまに予約なんてしてたの」

瑠璃がムッとしながら問いかけると、尊はやってきたエレベーターに乗り込み、笑って答えた。

「さっき、飲んでる途中に瑠璃ちゃんが化粧室に行ったとき」

「どういうつもり？」

「久しぶりに会ったんだから、積もる話もあるかなって」

エレベーターの上昇が止まり、ドアが開く。十二階で降りた尊は、廊下を真っすぐに歩き出した。

やがて到着したのは、落ち着いた内装の広々とした部屋だった。戸口からキングサイズのベッドを見つめた瑠璃は、にわかに落ち着かない気持ちになりながら口を開く。

「話ならもういっぱいしたし、わざわざ部屋まで取る必要なんてないでしょ？　わたしは明日も仕事で、尊も早番なら――」

「へえ、今の瑠璃ちゃんは洒落《しゃれ》のわかる大人になったと思ったんだけど、違った？」

色気たっぷりに見つめられ、瑠璃はぐっと言葉に詰まる。

本当はホテルに入った時点で、尊の意図はとっくにわかっていた。十一年ぶりに会った者同士、旧交を温めようという誘いなのだろう。もちろんそれは普通に話をするという意味ではなく、「身体で」という意味だ。

「こんな強引な真似をして、もしわたしが『今つきあっている相手がいるから嫌だ』って言ったら、どうする気だったの」

内心の焦りを押し隠しつつ問いかけると、尊は微笑んで答える。

「じゃあ今聞くよ。いるの？　そういう人」

「……いないけど」

ボソリと答える瑠璃は、内心悔しさでいっぱいだった。

最初からいない前提で話されていることに、ふつふつと怒りがこみ上げてくる。確かにここ三年ほどは、恋愛から遠ざかって久しい。だが今の瑠璃は冴えなかった十一年前とは違い、何人もの男性とつきあった経験のあるいい大人だ。最後の彼氏とは結婚話まで出たにもかかわらず、結局相手の浮気が発覚して破談になっている。

(見た目も経験も、もう喪女だった頃のわたしじゃない。でも、尊には逆に軽い女になったように見えてるのかな……)

頑なな表情になった瑠璃を見つめ、尊が腕を伸ばしてそっと火照った頬を撫でてくる。

彼は笑って言った。

「瑠璃ちゃんに拒否された場合は、もちろんやめようって思ってたよ。その気がない女を、相手にする趣味はないから」

ムッとして黙り込む瑠璃とは対照的に、尊は余裕のある態度を崩さない。

「無理強いするつもりはないし、嫌なら俺は帰る。せっかくだから、瑠璃ちゃんはこのまま一人で泊まっていったら？　宿泊代は気にしなくていいからさ」

「えっ？　ま、待って！」

あっさり引き下がろうとする尊に驚き、瑠璃は思わず彼のジャケットの裾をつかむ。

ホテルに連れ込まれたのは予想外で、今誰ともつきあっていないことを前提に話されたのにも腹が立った。しかしこうしてあまりにも簡単に帰ろうとされると、途端に自分に魅力がないと言われた気がして悔しくなる。

（何なのよ……もう）

瑠璃は尊を睨《にら》むように見上げ、むきになって告げた。

「別に拒否なんかしてない。ただちょっと、いきなりすぎて驚いただけで。……だから、しよ？」

「いいの？」

「今は特定の相手はいないし、尊は知らない人間じゃないし。でも誤解しないでほしいんだけど、わたしは普段、誰とでも寝るわけじゃないから」

「そんな女だと思って誘ったわけじゃないよ」

尊が眦《まなじり》を緩め、瑠璃に向き直って腰を抱き寄せる。

「十一年ぶりに会った瑠璃ちゃんがあまりにもきれいになってて、触れて確かめたくなっただけだ。だから怒んないで」

「お、怒ってなんか……」

ヒートアップした自分に気づき、瑠璃の中にじわじわと恥ずかしさがこみ上げる。何より尊の言葉や眼差しには甘さがあって、そのいちいちにドキリとしていた。

(きっとわたし、今……かなり酔ってるんだ)

ふわふわとした酩酊は、判断力を鈍らせる。素面《しらふ》ではたやすく突っぱねられることも、酔いが回った状態では過剰に反応して動揺してしまう。

瑠璃の腰を抱いたまま、尊が言った。

「やり方が強引だったのは謝るよ。確かにこんなふうに突然連れて来られたら、軽く見てるって誤解して当然だよな。ごめん」

「そ、そうじゃないなら、いいから……」

「ははっ。見た目は変わっても、やっぱり瑠璃ちゃんは瑠璃ちゃんだ。そうやってすぐに相手を許しちゃう優しいところは、昔のまんま」

瑠璃の頬が、じんわりと熱くなる。尊の笑顔が自分のよく知る笑い方で、それを向けられたことにドキドキしていた。

そんな瑠璃を甘く見下ろし、彼は腰を抱く腕に力を込めてささやいた。

「嫌がることはしたくないから、始めに聞いておくけど。……キスはあり?」

その問いかけには聞き覚えがあり、瑠璃はふと目を瞠った。そして十一年前の初体験のときと同じ質問だと気づき、胸に渦巻いていた意地や虚勢が一気に霧散する。

（ああ、もういいや。……相手は尊だし）

素面ではありえないが、たまにはこうして羽目を外すのもいいのかもしれない。尊が相手なら、何も危険なことはないだろう。

そう考えながら瑠璃は笑い、覚えていた答えを口にした。

「尊が、嫌じゃなかったら」

「嫌なわけないだろ」

尊が覆い被さるように唇を塞いできて、瑠璃は目を閉じてそれを受け入れる。押し入ってきた舌に自らの舌を絡め、軽く吸うと、彼が熱っぽく応えてきた。

「うっ、……ふ……っ」

――ウイスキーの香りのする舌に、頭がクラクラした。

久しぶりのキスに、すぐに体温が上がっていくのを感じる。瑠璃は考えることを放棄し、自分を抱く強い腕に素直に身を委ねた。

＊　＊　＊

抱きしめた細い身体は、キスをすれば応えてくる。その慣れた反応を、宇佐見尊は複雑な思いで受け止めていた。

（……昔は息継ぎも下手くそだったのにな）

十一年ぶりに偶然再会した幼馴染《おさななじみ》は、尊にとって忘れがたい相手だった。

彼女――向原瑠璃との出会いは、四歳の頃に遡る。母親が病気で亡くなり、尊は幼稚園の年中に上がるタイミングで父と一緒に祖父母の家に引っ越してきた。当時の尊は身体が小さく、母親がいなくなったことで精神的に不安定になっていて、些細《ささい》なでき事でよく泣く子どもだった。

そんな尊の世話を焼いてくれたのが、自宅の二軒隣に住む一歳年上の瑠璃だ。一人っ子の彼女は、尊を弟のように思っていたらしい。家が近所で幼稚園も同じという関係から、瑠璃は公私に亘《わた》って尊の面倒を見てくれた。泣けば慰めてティッシュを渡し、いつも手を繋《つな》いで歩き、お漏らしをしてしまったときも嫌がらずせっせと服を着替えさせてくれた。

尊の不安定さは年齢と共に落ち着いて、中学校に上がる頃には友人も多くできた。学年が違う瑠璃との接点は徐々に少なくなっていったものの、幼い頃に培われた強い親愛の情は揺るがず、それは何年経っても変わらなかった。

試験の時期に尊の祖母から頼まれた彼女が臨時の家庭教師をしてくれたのは、いい思い出だ。学校での接点がなくても、そんなときは昔と同じように普通に話せて、尊は瑠璃と変わらない繋がりを感じていた。

しかし友人が多くできた尊とは対照的に、中学で眼鏡を掛け始めて以降の瑠璃は生来のおとなしさに拍車をかけ、すっかり地味で目立たない少女になっていた。精神的に余裕ができた尊は、彼女のそうした内向きな様子が気になって仕方がなかった。

（……せっかく可愛い顔してるんだから、もっと自信持てばいいのにな）

重たい印象を与える長い髪を整え、眼鏡をやめて明るくすれば、元々顔立ちが悪くない瑠璃はきっと異性にもてるに違いない。なのに彼女は、おしゃれをすることに興味がないように見える。

やがて中学高校と成績優秀だった瑠璃は、東京の有名私大を受験し、晴れて合格した。しかしそれ以降、瑠璃は物言いたげな様子で尊の前にチラチラと現れるようになった。始めは偶然かと思ったものの、二度三度と繰り返されるうち、尊は彼女の態度を不審に思った。

（……何だろう）

言いたいことがあれば、はっきり言えばいい。何か相談があるなら乗るし、ただの愚痴や世間話でも、自分でよければいくらでもつきあう。そう考えた尊は、ふいに瑠璃が自分に「今つきあっている相手はいるのか」と聞いてきたのを思い出した。

（まさか……）

――まさか瑠璃は、自分のことが好きなのだろうか。なのに言い出せず、周囲をうろちょろしているのだろうか。

そんな考えに思い至り、尊はひどく動揺した。それまで瑠璃を恋愛の対象として見ておらず、どちらかというと姉に対するような感情を抱いていた。しかしいざ異性として捉えても、まったく嫌悪は感じない。彼女が本当は可愛らしい顔をしていることや、性格が真面目で面倒見がいいことも、昔からよくわかっていた。

考え出すと居ても立ってもいられなくなり、尊は瑠璃の真意を確かめに彼女の家に向かった。しかしそこで切り出されたのは「好き」という告白ではなく、「自分の初体験の相手になってほしい」という突拍子もないお願いだった。

こちらに対する恋愛感情がなく、ただ初体験の適当な相手として選ばれた――そんな真相に気づいたとき、尊は少なからず失望した。瑠璃は尊が女と遊び慣れていると考えていたようだが、それは違う。確かに中学以降、数人の相手とつきあった経験はあったものの、尊なりに相手を大事にしていたし、浮気やその場かぎりの行為などは一度もない。

ただ、そのときの瑠璃の様子は頑なだった。彼女はとにかく「性体験を済ませたい」という考えに囚われていて、尊が断れば他の人間を探しかねない危うさがあった。

よその男に任せるくらいなら、自分がやる――そう決断し、尊は瑠璃の要望を受け入れた。

そうして抱いた彼女は、思いのほかきれいな身体をしていた。肌は白くてすべすべと手触りがよく、骨格は華奢《きゃしゃ》なのに胸や腰には適度な肉付きがある。どこに触れてもひどく敏感に反応し、初心《うぶ》な様子や甘い声に煽《あお》られて、気づけば尊は瑠璃を抱く行為にすっかり夢中になっていた。

何より尊の心を捕らえたのは、彼女の言動だ。半ば無理やりセックスにつきあわせたという負い目があったのか、瑠璃は行為の最中に尊にも快感があると知った途端、うれしそうな顔をした。衝動的に荒っぽく揺さぶってしまったあとも、彼女はこちらを責めたりはせず、別れ際「ありがとう」と恥ずかしそうに笑った。

そんな瑠璃のことは、何年経っても忘れられないくらい、強く尊の中に刻みつけられていた。

「あ……っ」

腕に深く抱き込みながら尊が耳朶を軽く噛《か》んだ途端、瑠璃はビクリと身をすくませる。首筋に唇を滑らせながら小ぶりな尻を服の上から握り込むと、彼女は息を吐いて身体をすり寄せてきた。

「はぁっ……ぁ、っ」

その媚態《びたい》からは男に抱かれ慣れているのが伝わってきて、尊は嫉妬にも似た思いを持て余す。

十一年ぶりに再会した瑠璃は、見違えるほど垢抜《あかぬ》けていた。かつて野暮ったい印象だった長い黒髪は軽やかなセミロングになり、肩口で揺れている。服装はシンプルな黒のタイトスーツと白いインナーながら、彼女のほっそりとした体型を際立たせ、華奢なデザインのネックレスとピアスが高い美意識を感じさせていた。

メイクは作り込みすぎず、ポイントを強調する程度に留められていて、ピンと背すじが伸びた姿勢や仕事中の控えめな態度に知的な雰囲気が漂っている。

そんな様子は、おどおどと自信なさげだった十代の頃とはまったく違い、尊は瑠璃から目が離せなくなった。こうして半ば強引なやり方でホテルに連れ込んでしまったのは、だからだ。昔と今の彼女がどれほど違うのか、尊は確かめたくて仕方なかった。

「瑠璃ちゃんの身体、熱い……酔ってるせい？」

耳元でささやくと、瑠璃は上気した顔でぐっと唇を嚙む。尊はひそやかに笑った。

（わざと酒を勧めて、付け入る隙を作ったんだって言ったら――瑠璃ちゃんは俺を軽蔑するかな）

ちなみに尊は、まったく酔っていない。「明日が早番だからあまり飲めない」と説明したのは嘘《うそ》ではなく、一方で好都合だと思ったのも事実だ。

「あ……っ」

瑠璃の身体を抱え上げ、尊は彼女をベッドの上に下ろす。瑠璃が狼狽《ろうばい》したように尊の二の腕をつかんだ。

「ま、待って。先にシャワー……」

「――待てないよ」

短く答え、尊は瑠璃の上に覆い被さると、カットソーの下に手を忍ばせる。途端に肉の薄い腹部がビクリと震え、敏感な反応に笑みが浮かんだ。

手のひらを這《は》わせ、胸のふくらみに触れる。ブラ越しの感触がもどかしく、尊はやんわりと丸みを揉《も》み込みながらささやいた。

「脱がせていい？」

「……っ、電気、消してくれるなら……」

「OK」

リクエストどおりに部屋の電気を消すと、窓から入る薄明りだけになる。尊は瑠璃の着ていたものを脱がせ、次々と床に放った。淡いラベンダー色の下着の上下は清楚《せいそ》で色気があり、瑠璃の細い身体の線を際立たせている。

薄闇の中とはいえ、無防備な姿にされるのはやはり羞恥があるらしい。彼女は酔いがにじんだ少し緩慢なしぐさで尊を見つめ、不満そうな顔をした。

「何で、わたしばっかり……」

「じゃあ瑠璃ちゃんが、俺を脱がせてよ」

尊の言葉を聞いた瑠璃が、モゾモゾとベッドの上で身体を起こす。彼女は尊が着ているスーツに手を掛け、ジャケットを脱がせてきた。

タイを緩めて抜き去り、ワイシャツのボタンをはずしていく様は、下着姿も相まってひどく煽情《せんじょう》的だ。やがてボタンをはずし終えたシャツの前をはだけ、瑠璃が尊の肌に手を這わせてきた。彼女の手のひらが胸を撫で回し、腹部まで下がってくるのを感じながら、尊はその後頭部を引き寄せて唇を塞ぐ。

「ん……っ」

口腔《こうこう》に押し入って舌を絡めた途端、瑠璃は喉奥からくぐもった声を漏らした。キスを受け止めつつ彼女の手が尊のベルトのバックルを探り、前をくつろげていく。

下着の中に忍んできた柔らかな手が、半ば兆しかけていた屹立《きつりつ》を握り込んだ。尊は笑って言った。

「……やらしいな」

「尊こそ……もうこんなにしてるくせに」

「そりゃあね。瑠璃ちゃんの身体、きれいだし」

瑠璃は恥ずかしそうに頬を染めたが、尊のものから手を離さない。そのままゆっくりと幹をしごき上げられ、ダイレクトな刺激に疼《うず》くような快感をおぼえながら、尊は膝立ちの細い身体を抱き寄せた。

「あ……っ」

鎖骨にキスをしながら背中に手を回し、ブラのホックをはずす。緩んだそれを取り去ると、適度な大きさの丸みがこぼれ出た。音を立てて肌に口づけ、尊は桜色の頂をペロリと舐《な》める。舌先で嬲《なぶ》り、ときおり押し潰す動きに、そこはすぐ芯を持って硬くなった。

「んっ……尊……」

「何？」

「ぁ、舐めるだけなの、や……っ、あっ！」

ちゅっと音を立てて吸い上げた瞬間、瑠璃が高い声を上げる。後ろに倒れないように彼女の身体を支え、尊はわざと音を立てて胸の先端を吸った。屹立を握っていたはずの瑠璃の手がいつのまにか離れていて、尊は彼女に声をかける。

「手が離れてるよ、瑠璃ちゃん。もう終わり？」

「あ、だって……っ」

「じゃあ俺が好きなようにする」

尊は瑠璃の身体を、ベッドに押し倒した。上に覆い被さり、胸のふくらみを手のひらで包みながら、彼女の首筋に顔を埋める。

「っ……あ、っ」

些細《ささい》な愛撫《あいぶ》にも敏感に反応する様子に、尊はじりじりと征服欲を煽られる。自分からこちらの性器に触れたりと大胆な行動をする反面、快楽に弱いところがひどくアンバランスで、もっと喘《あえ》がせたくてたまらなくなった。

首筋から鎖骨、胸へと唇を這《は》わせつつ、尊は瑠璃の太ももを撫で上げて脚の間に触れる。下着越しでも熱くなっているのがわかるそこは、触れた途端内側がぬるりと滑った。

「すごいな。もう濡《ぬ》れてるのがよくわかる」

「……っ、あっ」

布越しに敏感な花芯の辺りを強く圧迫した瞬間、瑠璃の腰がビクッと跳ねる。そのまま合わせ目を何度かなぞると、じんわりと生地が湿り出し、彼女が小さく声を上げた。

「や……脱がせ、て……」

潤んだ瞳の懇願に、嗜虐心《しぎゃくしん》がそそられる。

尊は彼女の下着に手を掛けてそれを脱がせ、脚の間に身体を割り込ませた。そして淡い

茂みを撫で、ぬかるんだ蜜口に二本の指をゆっくり埋めていく。

「んん……っ」

濡れた内襞《ひだ》が、指をきつく締めつけてくる。その狭さは初めて抱いたときを彷彿《ほうふつ》とさせ、尊は瑠璃に問いかけた。

「すごくきついけど、ひょっとしてこういうことをするのは久しぶり？」

「っ……知ら、ない……、あっ！」

根元まで埋めた指でぐっと最奥を押し上げると、ビクリと中がわななく。反応のいいところを探して指を動かすうち、隘路《あいろ》がどんどん潤み出した。

瑠璃の声が甘くなり、トロトロと溢れ出た愛液が尊の手のひらを濡らす。粘度のある水音が室内に響いて、淫靡《いんび》な空気が次第に密度を増していった。

「はぁっ……尊……」

瑠璃が潤んだ瞳で尊を見つめる。

「何？」

「あ、も……んんっ！」

ビクッと中が強くわななき、瑠璃が昇り詰める。きつい締めつけのあとにぐったりと身体が弛緩《しかん》し、体内から指を引き抜いた尊は愛液で濡れそぼった自分の手を舐めた。

「もう達《い》っちゃった？　感じやすいのは相変わらずだね」

「……っ」

尊の言葉を聞いた瑠璃が、ぐっと唇を噛む。その表情には羞恥と悔しさがない交ぜになったものがにじんでいて、尊の劣情を刺激した。

（……他の男も、この身体に夢中になったのかな）

普段の知的な雰囲気とのギャップに、誰もが惹《ひ》きつけられるのではないだろうか。

そんなふうに頭の隅で考えつつ、尊は取り出した避妊具のパッケージを破る。ボタンをはずされたワイシャツは前がはだけ、スラックスも穿《は》いたままだったが、脱いでいる余裕がなかった。

瑠璃の左の膝をつかみ、もう片方の手で自身を蜜口にあてがう。尊は上体を倒し、ゆっくりと隘路に屹立を沈めた。

「あ……っ」

熱く濡れた襞《ひだ》が、昂《たか》ぶりを包み込む。その狭さを堪能しながらじりじりと腰を進め、尊は瑠璃の体内に深く押し入った。

「っ……んっ、……おっき……」

瑠璃の息を詰まらせながらのつぶやきに、尊は快感を押し殺した声で答える。

「……俺の大きさなんて、一回してもうわかってるだろ」

「……っ」

「動くよ」

ゆっくりと律動を開始すると、瑠璃が切れ切れに声を上げた。

大きさを馴染《なじ》ませるように何度も行き来し、尊はときおり屹立を根元まで深く埋める。そのたびに瑠璃がぎゅっと顔を歪め、中がきつく締めつけてくるのがたまらなかった。蠕《ぜん》動《どう》する襞が熱く絡みつくのを感じつつ、尊は瑠璃に覆い被さってその唇を塞いだ。

「んぅっ……うっ、は……っ」

突き上げられながらのキスが苦しいのか、彼女は尊の舌を受け止めながら強く二の腕をつかんでくる。快楽に潤んだ瞳は、十一年前の彼女にはないものだ。それに複雑な気持ちになる一方、尊は強く征服心を煽られるのを感じた。

(こうして素直に反応してくれるのは、酔ってるせいかな……)

素面で抱いても、瑠璃はこんな反応をするのだろうか。そんな考えを頭の隅に追いやり、尊は彼女に問いかけた。

「……気持ちいい？　瑠璃ちゃん」

「……っ、うん……」

「どうされるのが好き？　言ってくれたら、そのとおりにするよ」

甘いささやきに瑠璃は瞳を揺らし、躊躇《ためら》いの表情を見せる。尊が軽く揺さぶると、彼女は「んっ」と呻《うめ》いて小さく答えた。

「ぁ、奥……っ」

「奥？」

「奥、ずんってして……いっぱい……っ……ぁっ……！」

「——ああ、これか」

瑠璃の太ももをつかみ、ぐっと根元まで自身を押し込む。途端に彼女は高い声を上げ、先端で最奥を抉《えぐ》る動きに隘路がビクビクと震えた。

「はぁっ、あ……っ」

速いピッチで小刻みに奥を穿《うが》つ動きを繰り返しながら、尊も眩暈《めまい》がするような愉悦を味わっていた。じんわりと身体が汗ばみ、吐く息が熱を孕《はら》む。ゾクゾクとした快感が背すじを駆け上がり、内部の絡みつく動きに、今すぐ射精したくてたまらなくなった。

(くそ、良すぎだろ、これ……)

かつては何も知らない、まっさらな身体だった瑠璃が、今は甘い声を上げながら荒っぽい動きを受け止めている。その淫らさに嫉妬と苛立ち、そしてそれを凌駕《りょうが》するほどの興奮をおぼえ、尊はかすかに顔を歪《ゆが》めた。

(これでまた逃げられるとか——そんなわけにいくか)

目の前の身体に、強い執着がふつふつと湧いてくる。尊は彼女にささやきかけた。

「ヤバい、もう達きそ。……達っていい？　瑠璃ちゃん」

「っ……」

瑠璃が頷き、尊は一気に律動を速める。

容赦なく揺さぶる動きに、瑠璃が何度も切羽詰まった声を上げた。汗ばんだ細い身体を掻《か》き抱き、尊はこみ上げる衝動のまま、ありったけの劣情を膜越しに放って目を閉じた。

第三章

静まり返った室内には、遮光カーテンの隙間からうっすらと外の明るさが差し込んでいる。

(ああ、嘘《うそ》、どうしよう。……やっちゃった)

翌朝、六時過ぎにベッドの上に起き上がった瑠璃は、青ざめて呆然《ぼうぜん》としていた。

ベッドや家具が見慣れないものである理由は、ここが自宅ではなくホテルだからだ。辺りに人の気配はなく、何の音もしない。目が覚めたときには素肌に布団が掛けられていて、昨夜自分の身に何があったのかを如実に物語っていた。

(何やってるの、わたし。その気もない相手と寝るなんて……)

衝動的にも、程がある。これまでそんな軽率な振る舞いをしたことはなかったが、昨夜の相手である尊がかつて一度関係を持った人間、しかも幼馴染《おさななじみ》という事実に、警戒心が緩んでしまったのかもしれない。

酒を飲んで酔っていたとはいえ、昨夜の一部始終は鮮明に記憶に残っていて、瑠璃の中に忸怩《じくじ》たる思いがこみ上げた。

ふと視線を巡らせると脱ぎ捨てていたはずのスーツはハンガーにきれいに掛けられ、窓際のテーブルにメモが一枚置かれている。瑠璃はベッドのそばに置かれたガウンを羽織って立ち上がり、それを手に取って眺めた。

『仕事が早番なので、先に出ます。室内電話で六時半にアラームをセットしているので、もし不要なら停止してください』

そんな書き置きの字はきれいに整っていて、瑠璃はしばしぼんやりとメモを見つめる。こちらが起きる時間にまで抜かりなく気配りしているのは、やはり彼がホテルマンだからだろうか。

(尊は一体、どういうつもりだったんだろう……)

学生時代から異性とのつきあいに慣れている彼らしく、昨夜のセックスはひどく巧みだった。思えば初めてした十一年前も、尊は気遣いがあって上手だった気がする。

時刻は午前六時十五分で、瑠璃はメモにあったとおり室内電話のアラームを解除した。そして浴室に向かい、シャワーを浴びる。

時間が経つにつれ、苦い後悔は増す一方だった。昨夜は断れば何となく負けのような気持ちにかられ、つい尊の誘いに乗ってしまった。十一年ぶりに会った彼はにわかには本人と信じがたい姿で、瑠璃は今も戸惑いを拭いきれていない。

その上仕事中のきっちりした姿とは違い、行為中の尊には滴るような色気があった。思い出すだけでじわじわと頬が赤らみ、瑠璃はそんな自分を持て余す。

（でも――）

彼に対しての恋愛感情は、瑠璃の中にはない。確かに二度も抱き合ってしまったものの、どちらかといえば姉弟、もしくは家族に近い感覚があり、今後どうにかなるつもりもなかった。

髪を乾かし、いつも持ち歩いているメイク道具で化粧を終えた瑠璃は、部屋を出てホテルのフロントに向かう。案の定、宿泊費の支払いは既に済んでいて、モヤモヤとした気持ちを味わった。

（できれば借りは作りたくないんだけどな……）

しかも画廊の所属作家である中川がラヴィラントホテルに宿泊しているという都合上、彼をサポートする瑠璃は必然的に尊の職場に顔を出すことになる。

一度自宅に戻って着替え、いつもどおりの時間に画廊に出勤した瑠璃は、集中して溜《た》まっていた仕事を片づけた。そして午後一時、車でラヴィラントホテルに向かう。エントランスの自動ドアをくぐった瞬間、見覚えのある姿が目に飛び込んできて、ドキリとした。

（やっぱりいた……）

早番のシフトだと言っていたとおり、尊はフロントで業務に就いていた。

スーツ姿の彼は黒髪をきっちりセットして眼鏡を掛けた、隙のないホテルマンスタイルだ。目を伏せて何か作業をしていた尊が、視線に気づいたようにふと顔を上げる。彼は瑠璃の姿を見つけると、模範的な微笑みを浮かべて目礼した。

「嶋村画廊さま、いらっしゃいませ」

「二五一〇号室の、中川さんをお願いしたいのですが」

「お呼びいたします。少々お待ちください」

尊が電話の受話器を上げ、内線で中川に連絡を取る。瑠璃は居心地の悪い気持ちで視線をさまよわせた。昨日の今日で、尊の前でどんな顔をしていいかわからない。昨夜の自分の乱れっぷりばかりが思い出され、彼の目を見ることができなかった。

(ああ、もう。せめて違う人が応対してくれたらよかったのに……)

そんな瑠璃の目の前で、尊はしばらく電話越しに言葉を交わす。そして通話を切って顔を上げた。

「お部屋までいらしてくださいとのことです。ご案内いたしましょうか」

「いえ、一人で大丈夫です」

瑠璃は頭を下げ、エレベーターホールに向かう。

平静を装っていたのはそこまでで、エレベーターに乗り込んで一人になった途端、何とも言えない気分になった。

(……全然普通だった)

尊は瑠璃に対する私的な感情は一切表に出さず、ビジネスライクな態度に徹していた。まったく乱れのないポーカーフェイスは、まるで昨日のでき事など何もなかったかのようだ。仕事中なのだから、彼の態度は当たり前なのかもしれない。しかしここに来るまで強烈に意識していた分、瑠璃はすっかり肩透かしを食っていた。

（いいじゃない、別に。わたしは尊とどうこうなるつもりはないんだし……ここで知り合い面されても困るんだし）

そう考えようとするのに、昨夜の尊の様子、そして先ほどの事務的な態度ばかりが思い出され、瑠璃は乱れる気持ちを持て余す。

どうにか普通の顔を取り繕って二五一〇号室のチャイムを鳴らすと、すぐに中から中川が現れた。

「どうも、向原さん。わざわざご苦労さま」

「こんにちは、中川さん。デザインのほうは進んでますか？」

「うーん、いろいろ描いてはいるんだけどね。ま、入って」

中に通され、瑠璃は中川が描き散らしたデザインのラフを見せてもらう。今回の依頼のテーマは「大地」で、北国の厳しい風土やそれによってもたらされる恵み、雄大な美しさなどを表現してほしいとホテル側から要望されていた。

中川がラフを眺めながら言った。

「展示するロビーエントランス、結構広いんだよな。実際はインスタレーションみたいなもんだよね」

「そうですね。現在展示中の冴木さんの作品も、窓からの光の入り方やフロアのライティング、空間の広さを計算されていると思います」

「うん。やっぱ五メートルくらいあったほうがインパクトはあるかも」

　昨日依頼を受けたばかりなのに、中川のスケッチブックにはかなりのラフが描き散らされている。中には相当緻密に描き込まれているものもあって、瑠璃は仕上がりが楽しみになった。

「何か足りないものはありますか？　急ぎなら今日中に手配しますから、何でも言ってください」

　瑠璃の申し出に、中川が少し考えて答えた。

「じゃあ、スケッチ用の鉛筆をお願いしてもいいかな。足りなくなりそうだし」

「中川さんが使われているのって、ステッドラーでしたっけ」

「いや、ハイユニ。３ＢとＨを二本ずつ、それと練り消しもね。急いでないから、明日来るときでいいよ。それよか向原さん、時間があるならこれから館内のアート見学につきあってほしいんだけど、どう？」

　頼まれたものをスマートフォンにメモした瑠璃は、生真面目に答える。

「中川さんが行きたいところなら、どこにでもお供しますよ。それが仕事ですから」

「向原さんが見たいんじゃないかなーと思って誘ってるんだよ。まあ、俺も見たいんだけどさ。話がわかる人と一緒に見たほうが楽しいだろ」

　こちらのアート好きは、何度か会って言葉を交わすうちにすっかり見抜かれてしまっている。わざわざ誘ってくれている彼の気遣いにうれしくなりながら、瑠璃は中川に笑顔を向けた。

「では、喜んでお供させていただきます」


ホテル内の展示作品はどれも見ごたえがあり、二時間ほど散策したがすべてを見られないほどだった。

その後はティーラウンジでお茶を飲みつつ中川と作品の感想や雑談をし、時刻を確認した瑠璃は「ではわたし、そろそろお暇しますね」と告げた。

「ありがとね、向原さん。いい気分転換になったよ」

「こちらこそ。何かありましたら、すぐにご連絡ください」

エレベーターに乗る中川を見送った瑠璃は、一息つく。芸術家は気難しい人間も多い中、どうにか彼らとコミュニケーションを取るのが瑠璃の仕事だ。中川はフレンドリーで人懐こい性格の持ち主のため、つきあうのはまったく苦ではなかった。

(四時半か……画材屋に寄ったあと、事務所でもうひと仕事しようかな)

着信がないかのチェックをしようと、瑠璃はバッグからスマートフォンを取り出す。ディスプレイには、メールの通知を示すアイコンがあった。何気なく受信ボックスを開き、そのタイトルを見た瑠璃は、ドキリとして動きを止める。

(あ……)

「宇佐見です」というタイトルを見た瞬間、瑠璃の中に「なぜ彼が、自分のメールアドレスを知っているのだろう」という疑問が浮かんだ。しかしすぐに、昨日バーで飲んだときに互いの名刺を交換したことを思い出す。

メールの内容は一言、「今夜会える？」というものだった。

瑠璃はスマートフォンを手にしたまま、じっと考え込む。

おそらくもう、尊とはプライベートで会うべきではないのだろう。彼に対して恋愛感情はなく、昨夜の行為は勢いでしたことだ。今後身体だけのつきあいをする気がないのなら、この誘いには応じないほうがいいに決まっている。

（でも……）

尊にはホテル代を、全額出させてしまっていた。ラブホテルではなく、ベッドもキングサイズであの広さなら、それなりの値段がする部屋のはずだ。彼が男であるという理由で当たり前のように代金を払わせる気にはなれず、瑠璃は仕方なくメールの返事をする。

『ホテル代を半分返したいから会う。でももう寝るつもりはないから』

あえて直截《ちょくさい》的な言葉を使って牽制《けんせい》を含んだ返事を送ると、すぐにメールの着信音が鳴って瑠璃はビクリとした。案の定、メールは尊からで、簡潔な文言がある。

『ホテル代は、別に気にしなくていいけど。とりあえず会おう』

尊は勤務が終わったらしく、このあとなら何時でもいいという。結局午後七時に会うことになり、瑠璃は画材屋に寄ったあと事務所で少し仕事をして、その後指定された街中のカフェに向かった。

（ホテル代を半分返したら、すぐに帰ろう。……絶対長居なんてしないんだから）

そう心に固く決め、午後七時を二分ほど過ぎてカフェの扉をくぐる。

尊は窓際の席に、スーツ姿で座っていた。きちんとした身なりとピンと伸びた背すじは、彼をいかにも仕事ができそうなサラリーマンに見せている。高校時代までの印象しかない瑠璃は、そんな尊の姿にまだ違和感をおぼえていた。

「お疲れさま。遅かったね」

こちらに気づいた彼に眼鏡越しに微笑まれ、瑠璃は淡々と答える。

「遅れてごめんなさい。少し道が混んでいて」

「車で来たの？」

「うん。昨日は置いて帰ったけど、いつもは車通勤なの」

車は近くの有料駐車場に停めてある。瑠璃はやってきた店員にアイスティーを注文し、バッグから財布を取り出して尊に問いかけた。

「昨日のホテル代、いくら？　半分払うから」

「ああ、いらないよ」

「そんなわけにはいかない。出してもらう理由がないし」

「俺が勝手に取った部屋だからね。そもそも女の子には、あんまり払わせたくない」

さらりと「女の子」扱いされ、瑠璃は口をつぐむ。二十九歳の女は、世間一般の規格からすると「女の子」ではないはずだ。そんなことを考えていると、尊が笑って言った。

「どうしてそんなにピリピリしてるの？　ああ、ひょっとして今日、うちのホテルで会ったときの俺の態度を怒ってる？」

「別に怒ってなんかない。尊の態度だって、全然普通でしょ。尊はホテルのスタッフで、わたしはそこに来た客なんだし」

「ふうん。だったら気に食わないのは、昨夜の俺とのセックスかな」

他の客も多くいるカフェで突然そんな発言をされ、瑠璃はぎょっとして尊を見る。そして周囲を気にして動揺しながら、小さな声で言った。

「な、何言ってるの……」

「うんと優しくしたつもりだし、お互いにかなり満足だったと思うんだけど。そもそも俺は、無理強いもしてないしね」

「……っ」

言外に「納得ずくの行為だっただろう」と匂わされ、瑠璃は返す言葉を失う。

確かに酒に酔っていたとはいえ、一度は「帰る」と言った尊を引き止めたのは、こちらのほうだ。それなのに被害者意識のようなものを抱いていた自分に気づき、瑠璃はきまりの悪さをおぼえる。

（わたし……）

「瑠璃ちゃんがそんな頑なな態度を取る理由は、何となくわかってるよ。いきなり同意もなしにホテルに連れ込まれて、軽いノリでやる女みたいに扱われたのにも腹が立っただろうし。結局なし崩しにヤっちゃって、こっちの思うつぼになったことがムカついてしょうがない――そんなところじゃない？」

尊に正確に心情を指摘され、瑠璃は押し黙る。

確かにそのとおりだったが、一方的に彼を責めるのは違う。いい大人が自分の意思でした行動を、責任転嫁したくはなかった。

瑠璃が謝ろうと口を開きかけたとき、尊は言った。

「――俺はさ、瑠璃ちゃん。十一年前のことを、ずっと引きずってたんだ」

「えっ？」

「あのとき、瑠璃ちゃんの頼みを断り切れずに『初体験』のためにヤっただろ。俺は幼稚園の頃から知ってる瑠璃ちゃんを嫌いじゃなかったし、何より他の奴になんか任せたくなかった。……『知らない人』に頼んで危ない目に遭うくらいなら、俺がヤるって思った」

思いがけない言葉に、瑠璃は口をつぐむ。かつて自分がした「お願い」を、尊がそんなふうに考えていたとは思わなかった。

彼は自嘲的に笑い、言葉を続けた。

「結果的にどう思ったかっていうと、俺は瑠璃ちゃんの反応に煽《あお》られっ放しだった。地味だと思ってたのに身体はきれいで、いちいち敏感な反応をするし。そうかと思ったら、ものすごく可愛い顔を見せたり、乱れたり――。終わった頃には、俺の気持ちは動いてた。

瑠璃ちゃんと恋人としてつきあいたいくらいに」

瑠璃はびっくりして尊を見る。当時の瑠璃は、彼のそんな心情など知る由もなかった。むしろこんな冴《さ》えない自分につきあわせてしまったという、申し訳なさしかなかった。

尊は目の前のコーヒーカップを見つめながら続けた。

「そもそもあのときの俺は、瑠璃ちゃんの態度を誤解してたんだ。突然俺の周りをうろちょろし出して、『今つきあっている相手はいるのか』なんて聞いてくるから、もしかして瑠璃ちゃんは俺のことが好きなのかもしれないって勘違いしてた。でもいざ聞いてみると、『初体験の相手になってほしい』っていうお願いで……正直失望した」

「た、尊。あの……」

「ヤったあとだってそうだ。まさかあれっきりになるなんて思わなかった。次の日に東京に行ったたって瑠璃ちゃん家のおばさんに聞かされて、呆然《ぼうぜん》としたよ。でも大学のために東京に行くにせよ、きっと節目でこっちに帰ってくる。そのとき、俺は言おうと思ってたんだ。『遠恋でもいいから、俺のことをちゃんと考えてくれないか』って」

「えっ？」

「でも実際の瑠璃ちゃんは大学に入学して以来まったく帰省しなくて、当然俺に対する連絡もなかった。それでようやく、理解した。瑠璃ちゃんにとって、俺は最初から恋愛対象じゃない。ただの都合がいい……気心の知れた幼馴染にすぎなかったんだって」

尊の言葉は、瑠璃にとってあまりにも意外なものばかりだった。彼の発言が真実なら、瑠璃は無意識に尊を傷つけていたことになる。

店員がアイスティーを持って来たが、手を付けることができなかった。そんな瑠璃から目をそらし、尊は窓の外の往来を眺めながら話を続けた。

「瑠璃ちゃんから受けた仕打ちは、それまで俺が持ってた根拠のない自信とか、プライドみたいなものを、じわじわと挫いた。何となく友達が多くて、そこそこ充実した高校生活を送ってたつもりだったけど……実際の俺は薄っぺらい人間だっていう事実を、少しずつ思い知らされて」

「そ、そんなことない！」

瑠璃は思わず声を上げ、彼の言葉を否定する。

「友達が多いのは、それだけ人間的な魅力があるってことなんだよ。尊は見た目も性格も、人にうらやましがられる部分をたくさん持ってたでしょう？　薄っぺらだなんて、そんなふうに思うのおかしい。当時のわたしからしたら、眩《まぶ》しくて仕方がないくらいだったのに」

しかし尊は首を振り、小さく息をつくと、瑠璃に視線を向けて言った。

「進学先を専門学校にして、ホテルマンを目指したのは、だからなんだ。語学やマナーを身に着けて、チャラく見える自分を変えて——揺るぎない自信を持ちたかった」

「……っ」

心臓がドクドクと音を立てていた。当初は事務的に金を返してすぐ帰ろうと思っていたのに、予想外の話をされて混乱している。

（わたしって……すごく嫌な人間だったんだ。無意識に人を傷つけて、気づかないなんて）

どうやって謝罪していいか、わからない。だが下手に謝れば余計に尊のプライドを傷つけるような気がして、言葉が見つからなかった。

そんな瑠璃に向かって尊はニッコリ笑い、少し重くなった場の空気を払拭する。そして冗談めかした言葉で言った。

「つまり要約すると、今の俺を作ったのって瑠璃ちゃんなんだよ。男心を弄んだ責任、どう取ってもらおうかな」

「も、弄んだって……」

そんなつもりはない。異性とつきあうのに慣れている尊なら、後腐れなく初体験させてくれると思っただけだ。

しかし実際はそんな自分の考えが見当違いだったと知り、瑠璃は言葉をのみ込む。尊はコーヒーを一口飲み、カップをソーサーに戻して言った。

「瑠璃ちゃんはごくたまに実家に帰ってきてたみたいだけど、俺とは見事にすれ違いだったな。まあ、俺も就職して半年後には家を出たし、盆暮れ正月は忙しいから、なかなか実家に顔を出す機会がなくて。……気づけば会わずに十一年だ」

何と答えるべきか迷い、瑠璃はうつむく。尊が言葉を続けた。

「昨日、うちのホテルに来た瑠璃ちゃんを見た瞬間、信じられなかった。あまりにも昔と違って垢抜《あかぬ》けてて、でも下品じゃなくて、凛《りん》とした知的な感じで」

「そんなの……尊だって」

「うん。だからこそ、『逃がすか』って思ったんだ。瑠璃ちゃんが実際にどう変わったのか、確かめたくて仕方がなかった」

瑠璃の頬が、じわじわと赤らんでいく。そうして昨夜確かめて、尊は一体どんな感想を抱いたのだろう。

過去のこちらの行動が彼に影響を与えたのはわかったが、もう十一年も前の話だ。そのあいだ、尊が他の誰ともつきあっていないとは考えられず、瑠璃は歯切れ悪く問いかける。

「昔の件は……ごめんなさい。わたしの無神経な言動で尊を傷つけたことを、本当に申し訳なく思ってる。でも尊はそのあと、他の人とつきあったよね……？」

「うん、三人かな。でも結局、向こうの心変わりやら、こっちの忙しさが理由で別れた」

あっさり白状し、尊は瑠璃をじっと見つめる。そして眼鏡の奥の目を細めて微笑んだ。

「俺は今、誰ともつきあってなくてフリーなんだ。——だから瑠璃ちゃん、俺と恋愛しよう？」

「……っ」

甘い誘いに、瑠璃の頬に朱が差す。かっちりとしたホテルマン仕様の今の姿で、昨夜のでき事を彷彿《ほうふつ》とさせるような眼差しを向けるのは反則だ。

しかし自分の意思はしっかり伝えなければと考え、瑠璃は口を開いた。

「あの、尊の気持ちはすごくうれしい。十一年前も、わたしのことを真面目に考えてくれてたなんて知らなくて……。本当にありがとう」

「うん」

「でも、ごめんなさい。わたしはあなたとつきあえない。今日はホテル代を半分返したかったのと、『もう会わない』って言うつもりでここに来たの」

尊が意表を衝かれたように目を丸くし、こちらを見る。そして慎重な口調で問いかけてきた。

「……断る理由を聞いていい？　昨夜、瑠璃ちゃんは『今そういう相手はいない』って言ってたよね？」

「うん。いない」

「身体の相性もよかったし、お互いの性格もわかってる。つきあうには打ってつけだと思うけど」

「そうかもね。でもわたし、他に好きな人がいるから」

きっぱりとした瑠璃の言葉に、尊が口をつぐむ。その場しのぎの方便などではなかった。瑠璃の心には、ずっと想い続けている人物がいる。

そうした人間がいる状況で尊の誘いに応えるのは、誠実ではないと感じていた。眼鏡の奥の瞳を細め、尊が問いかけてきた。

「……それはどんな人？」

「年上で、すごく包容力があっておおらか。それで仕事をバリバリこなしてる人、かな」

「告白しないの？」

「しない。……どうせ叶《かな》わないって、わかってるから」

それでも割り切れずに、苦しんでいる。今もその面影を思い浮かべるだけで、胸がぎゅっとする。

瑠璃の表情から本気の度合いがわかったのか、尊が沈黙した。瑠璃はテーブルに置かれたアイスティーに、ようやく手を付ける。

ストローで一口飲んで息をついたところで、氷がグラスの中で音を立てた。カフェの店内にはお茶を飲みながら話す人、静かに読書をする人、テーブルに向かってスマートフォンを構える人など、さまざまな客がいる。それを横目に見ながら、瑠璃は考えた。

（……もう、帰ろうかな）

尊の気持ちはうれしいが、応える気はない。こちらの意思はちゃんと伝えることができたし、今後ホテルで顔を合わせるにしても、今日のように他人行儀に振る舞えばいい話だ。

（でも、こんなふうに言ってもらえるなんて、わたしもまだまだ捨てたもんじゃないのかもね……）

結局断ってしまったものの、尊のようないい男に交際を申し込まれた事実は、女として素直にうれしい。

そう思った瞬間、尊の声が響いた。

「――話はわかった。要は俺が、その男以上に瑠璃ちゃんに好かれればいいんだろ」

瑠璃は目を見開き、尊を見る。彼は何でもないことのように言葉を続けた。

「今その相手とつきあってるわけじゃないなら、遠慮はしない。これから好きになってもらうために頑張るから、俺からの誘いは断らないでよ」

「ちょっ……な、何言ってるの？」

言葉に詰まりながら、瑠璃は慌てて尊に抗議する。「もう会わない」と伝えたのに斜めの方向から反論され、ひどく動揺していた。

一方の尊は、余裕の微笑みを浮かべている。彼はテーブルに身を乗り出して瑠璃に顔を寄せ、ささやくような声で言った。

「どうしてもその相手が好きなら、俺のアプローチに揺らがなければいい。もう大人になった瑠璃ちゃんなら、そんなの突っぱねるくらいお手のものだろ」

「……っ」

挑発されているとわかっているのに、瑠璃の頭に血が上る。過去の自分を知られているとはいえ、今も恋愛慣れしていない初心《うぶ》な女のように扱われるのは、我慢がならなかった。

（確かに尊はいい男だし、昨日のセックスもよかったけど。……でもちょっと、自信ありすぎじゃない？）

かつて喪女だった自分なら、たやすく落とせるとでも思っているのだろうか。

そう考えると負けん気がこみ上げ、瑠璃はツンとした表情を作って尊に答えた。

「揺らぐわけないじゃない。ちょっと優しくしたくらいで、わたしがあっさり気持ちを変えるなんて思わないで」

「うんうん、そうこなくちゃ。頑張りがいがあるなあ」

尊はニッコリ笑い、姿勢を戻す。何となく彼の申し出を了承した形になったことに、瑠璃は内心戸惑いをおぼえた。

（ちょっと待って。わたしは他に好きな人がいるっていう話をしてるのに、何で尊の意地につきあう流れになってるの……？）

「あの、尊――」

瑠璃は自分の言葉を修正しようと口を開きかけるが、尊がそれを遮る。

「じゃあ、そろそろ出ようか」

立ち上がった彼が当たり前のようにテーブルの上の伝票を取ろうとして、瑠璃はすかさずそれを奪い取った。

「ここはわたしに払わせて。一方的に奢《おご》られるのは、借りを作るみたいで嫌なの」

瑠璃の言葉を聞いた尊は眉を上げ、さらりと答える。

「好きな子のために使う金は、全然惜しくないけど。男がエスコートするのは当然だって思ってるし」

「す、好きな子って……」

こういうセリフをさらっと口にするあたり、やはり尊は女慣れしている。そんな彼に手のひらで踊らされるのは、年上の沽券《こけん》に関わると感じた。

瑠璃は強い口調で言った。

「とにかくここは、わたしが払うから」

「そっか。じゃあ、ご馳走《ちそう》さま」

会計を済ませ、外に出る。ここで別れてさっさと帰ろうと思っていた瑠璃だったが、尊が腕をつかみ、呆《あき》れた顔をした。

「さっきの話聞いてた？　これからアプローチするって言ってるのに、お茶を飲んだだけでさよならとか、本気で言ってるの」

「そ、その話だけど、やっぱり……」

「ああ、撤回は受け付けないよ。まさかいい歳をした大人が、自分でした発言に責任を持てないわけないよね？」

ニッコリ笑ってそう言われ、瑠璃は返す言葉を失う。当たりは柔らかいのに強引な尊に、すっかり翻弄されていた。

瑠璃はため息をつき、仕方なく「じゃあ、ご飯でも食べに行く？」と彼に切り出した。

「いいよ。店は俺に任せて」

迷いなく彼が歩き出した先は、駅からさほど遠くない、脇道の目立たないところにある隠れ家風バルだった。中に入った瑠璃は、にぎわう店内を見回しながら感心する。

「こんなお店知ってるんだ。彼女とのデートで来たの？」

「ホテルのゲストに、『いい店はないか』って聞かれることが多いから。いろいろリサーチしてるんだよ」

繰り出した皮肉を軽くいなされ、瑠璃は「ふうん」と考えた。フロント業務に就いているなら、確かにそういうこともあるだろう。

「瑠璃ちゃんは野菜好き？　ここは十五種類の野菜を使ったバーニャカウダや、レバーのパテが美味いよ。飲み物は何にする？」

「うーん、水かな」

「飲まないの？」

「だって車だもの」

瑠璃の答えに、尊はニヤリと笑う。

「へえ。てっきり昨日みたいな流れになるのを警戒してるのかと思ったけど、違うんだ？」

「……っ、ち、違《たが》います」

酔って理性の箍が外れ、いつもより大胆な振る舞いをしてしまったのは、昨日の話だ。

昨夜の情事が頭をよぎり、瑠璃の頬が赤らんだ。

（ああ、もう。ご飯を食べたら、さっさと帰ろう）

今後は尊に誘われても適当にお茶を濁し、徐々にフェードアウトしていけば済む話だ。

彼はそれ以上酒についていじろうとはせず、別の話題を振ってきた。

「ところで瑠璃ちゃんは、明日も中川さんのところに来る予定なの？」

「彼のサポートをするのが、わたしの仕事だから。中川さんはうちの画廊の専属作家で、わたしは作家の制作が円滑に進むよう、いろんな手配をしなくちゃならないの。要は芸能事務所のタレントと、マネージャーみたいな感じかな」

「ああ、なるほど」

画廊には二種類あり、「貸し画廊」と「企画画廊」がある。

貸し画廊はスペースを貸し出した料金で運営され、そこに展示されるものはプロの作品から小学生の絵までと幅広い。一方の企画画廊は作品や作家を画廊側が選び、画廊がプロデュースして作品を売った金で運営される。

瑠璃が働く嶋村画廊は、企画画廊だ。オーナーの嶋村隼人が見込んだ作家と契約を交わし、彼らの制作のバックアップをしつつ展示会の企画や作品の販売を行なっていて、その仕事内容は多岐に亘《わた》る。

「スタッフが二人だけの会社だから、すごく忙しくて。アシスタントのわたしは、もう何でもやるの。展示会のときは壁にペンキを塗ったり、細々した展示物も自分で作ったり」

「へえ」

「作家さんの作業の進捗を確かめるために、市外のアトリエまで車で何時間もかけて訪問したりね。激務だけど、作品制作の裏側に携われるから、すごく楽しい」

話しながら、一時間ほどゆっくり食事をする。尊は話術が巧みで次々と新しい話題を振ってきて、気づけば瑠璃は楽しい時間を過ごしていた。

きっちり割り勘をして外に出ると、風もなく穏やかな夜だった。店は脇道にあるせいか行き交う人の姿は少なく、少し行った先の大きな通りが車や通行人でにぎわっているのが見える。

そちらに向かって歩き出そうとした瞬間、瑠璃は背後から強く腰を抱き寄せられた。そして耳元で、低くささやかれる。

「――帰したくない」

「……っ」

背中に感じる広い胸、腰を抱く腕の強さに、ドキリとした。こんな展開を、予想しなかったといったら嘘になる。しかし決して期待していたわけではない。

瑠璃は動揺を抑え、努めて理性的な顔を作って口を開いた。

「昨日の今日で、がっつきすぎでしょ。確かに流れで一緒にご飯は食べたけど、そもそもわたしと尊、つきあってるわけじゃないんだから」

「とか言って拒絶するのは、もう一回俺に抱かれたら好きになりそうだからだろ」

笑いをにじませた声でそう告げられ、瑠璃はカチンときて彼を振り返る。

「そんなわけない。ただ、つきあってないのにそういうことをするのはおかしいって――」

「ならいいよな」

笑って言い切られ、瑠璃はぐっと言葉をのみ込む。

尊が瑠璃の手を引き、スタスタと歩き出した。あれよあれよという間にホテルに連れ込まれ、瑠璃は部屋に入ったところでムスッとしてつぶやく。

「何かおかしくない？　まだつきあってないのに、どうしてわたし、尊とこんなところにいるの」

「さあ、どうしてでしょう」

尊が笑って振り返り、瑠璃の身体を抱き寄せる。

「俺は全力で瑠璃ちゃんを落としにかかるつもりだから。瑠璃ちゃんはせいぜい、俺に何をされても揺らがないように頑張ればいいんじゃないかな。もちろんさっさと頑張るのをやめて、俺になびいてくれるのは大歓迎だよ」

「何それ……ん、っ」

言いかけた唇を塞ぎ、瑠璃は彼にキスをされる。昔とは違う黒髪、そして眼鏡はまだ見慣れず、彼を知らない男のように見せていてひどく落ち着かない。

瑠璃は手を伸ばし、尊の眼鏡をはずした。彼が楽しそうに笑い、目を細める。

「何だかんだ言って、瑠璃ちゃん積極的だね」

「眼鏡のフレームが顔に当たるの、冷たくて嫌だから……」

「そっか。覚えておくよ」

瑠璃の手から眼鏡を取り上げた尊が、スーツの胸ポケットにそれをしまう。ネクタイの結び目に指を入れて緩めるしぐさが、無造作なのにひどく色っぽかった。

再び降りてきた唇を受け止めながら、瑠璃は彼の髪をわざとグシャグシャに乱す。間近で見る尊の瞳に押し殺した熱情があるのを見つめ、諦めとかすかな期待を感じつつ、目を閉じた。

第四章

ラヴィラントホテル宿泊部のフロント課でフロントクラークとして働く尊は、早番のシフトの際、朝七時五十分に勤務を開始する。

「昨夜は二八一五号室の松沢《まつざわ》さまより、『加湿器を借りたい』とのご連絡があり、お部屋までお届けしています。それから一六三七号室の川野《かわの》さまは、お飲み物を床にこぼされたとのことでダスターを数枚お届け。お怪我はないとのことです。絨毯《じゅうたん》に汚れがありますので、ハウスキーピングへの伝達をお願いします」

「了解です」

フロントに入ると、まずはナイトフロントから夜間のでき事についての報告を受け、スタッフ同士で情報を共有することから始まる。そして当日チェックインするゲストの情報を確認する作業に入るが、これはおろそかにはできないかなり重要な業務だ。

その後は宿泊客のチェックアウトをこなす傍ら、金額やルームキーボックスの確認等を行なう。フロントはホテル全体のコントロールセンター的な役割の部署であり、各部署に情報を伝達するのも仕事であるため、この時間帯は常に電話でどこかしらに連絡を取っていることが多い。

　そんな最中、清算を済ませたばかりの六十代半ばの婦人が、尊に向かって話しかけてきた。

「このホテルに泊まるのは二回目なのだけど、いつもサービスが行き届いていて素晴らしいわね。昨夜は加湿器をすぐに貸していただけて、とっても助かったわ。ありがとう」

「とんでもございません、松沢さま。お役に立てて何よりです。またのご利用を、スタッフ一同心よりお待ちいたしております」

　朝のフロント業務は忙しく、次から次にやることが出てきて大変だが、ゲストからのこうした言葉は何よりやる気に繋《つな》がる。尊は微笑み、帰って行く老夫婦の後ろ姿を見送った。そして顧客データに「気管支が弱く、加湿器をご希望」と書き加えておく。

　午前十時にチェックアウトが一通り終わると、予約対応《リザベーション》や翌日以降の部屋割り《ルーミング》、パソコンによる入力業務などをこなす。その後は十二時頃から一時間の休憩を取り、午後のチェックインに備える流れとなっていた。

（今日の日替わり定食は、チキン南蛮とさば味噌《みそ》か……。さば味噌かな）

　社員食堂に向かった尊は魚の定食を選び、トレーを持ってテーブルに向かった。今日の定食にはマカロニサラダと具だくさんのひじきの煮物、漬け物が付いていて、毎日内容が変わる。栄養バランスが良く味もいいため、いつも利用していた。

　昼時の食堂内は、さまざまな部署の人間でにぎわっている。ラヴィラントホテルは地下二階と地上三十二階、総部屋数五一二室を誇る大きなホテルだ。スタッフの数は数百名に上り、さまざまな人と触れ合う機会が多いフロント業務の尊でさえ、名前を知らない人間のほうが多い。

一人で食事を終えた尊は、スマートフォンを取り出す。そして画面を開き、「おはよう、瑠璃ちゃん」「お昼はもう食べた?」とメッセージを送った。

さほど待たずに既読が付き、返事がくる。「忙しくてまだ」——そんな素っ気ない返事を見て、尊は頬を緩ませた。

(頑張ってるんだな……)

幼馴染《おさななじみ》の向原瑠璃と偶然再会したのは、二週間ほど前の話だ。ホテルの最上階に展示されているアート作品を入れ替えることになり、制作依頼をした作家の所属元が、瑠璃の働く嶋村画廊だった。

彫刻作家の中川は三日間このホテルに滞在し、作品のデザインをいくつか仕上げて支配人にプレゼンテーションしたらしい。そのうちのひとつが採用され、ホテルの上層部からもOKが出て、半年後を目途に納品する予定になっているという。

『俺は今日早番だけど、瑠璃ちゃんの都合はどう?』

そう送ると、「まだわからない」という返事がくる。彼女はスマートフォンを常に目の届く位置に置いているようで、レスポンスが早い。尊はため息をついた。

(もう二日も顔を見てないし、会いたいんだけどな……)

瑠璃とは再会以来、密に連絡を取り合っていた。といっても彼女のほうは若干及び腰で、尊が一方的にグイグイ迫っている形だ。こうして日に一、二度メッセージを送り、誘いをかけて、互いの都合が合えば待ち合わせをする。そうして少しずつ、距離を詰めているところだった。

（あの瑠璃ちゃんが美術関係の仕事をしてるなんて、いまだに信じられない。……変われば変わるもんだ）

高校を卒業するまで、瑠璃は勉強だけが取り柄の、地味で存在感の薄い少女だった。そんな彼女は大学進学を期に一念発起し、自分を変えて積極的になったという。そ

十一年ぶりに彼女と会ったとき、尊はその変わりように驚いた。そして今や、すっかり虜になってしまっている。

（……可愛いんだよな）

思わずふっと笑いがこみ上げ、尊は窓の外に目を向ける。

幼稚園の頃から知っていて互いに気の置けない関係ではあるが、尊の前の瑠璃はたまに意地っ張りな一面を見せる。おそらく彼女の中には自分のほうが年上であるという思いと、「もう昔とは違う」といったプライドがあるのだろう。

そうした部分をあえて挑発する形で、尊は継続的に自分と会うことを彼女に了承させた。今や自立して仕事をこなす、しっかりした大人の女性になったのに、瑠璃はふとした瞬間に昔のように弱気な顔をしたり、初心《うぶ》な反応をしたり、そうかと思えば意外なほど

色っぽい顔をする。

そんな彼女に、尊は強く惹《ひ》きつけられて仕方なかった。

（でも……）

てっきりすぐつきあうことを了承してくれると思っていたのに、当初瑠璃はそれを断ってきた。「他に好きな人がいる」――その言葉は常に尊の意識の隅に引っかかり、この二週間苛立ちのもととなっている。

（……気に食わない）

実に気に食わない、と尊は考える。瑠璃の意識が他の男に向いていると思うだけで、尊はじりじりとした嫉妬を感じていた。

昔ならともかく、今の瑠璃に想われて、袖にできる男がいるだろうか。

（伝えても、気持ちが叶《かな》わないってわかってるって言ってたな……ならそいつには、もうつきあってる相手がいるってことか）

そこまで瑠璃に想われる相手は、一体どんな男なのか。考えても仕方がないのに、気づけば尊は悶々《もんもん》としている。

しかし今の自分にできることは、精一杯彼女に尽くし、気持ちをこちらに向ける努力をするくらいしかない。現状、瑠璃がその男とつきあっていないのが救いだ――と尊は考える。言い方は悪いが、彼女の寂しさを利用して付け込むチャンスはいくらでもある。

（とりあえず、今日会えるなら行く店をリサーチしておくか）

どうにか瑠璃の仕事が一段落するのを、願うばかりだ。あまり根を詰め過ぎても身体が心配だし、自分といるときに少しでも気分転換してくれたらいいと思う。

食堂の窓から見える外は、うららかに晴れ渡っていた。昼休みの残り時間がもう少しあるのを確認した尊は、瑠璃と出掛ける店を探すべく、再びスマートフォンを開いた。

＊　＊　＊

嶋村画廊は市の中心部から地下鉄で三駅、高級住宅街にほど近いところにある。周辺には大きな神社や動物園があり、カフェや飲食店、セレクトショップなどがひしめくにぎやかな立地だ。

通常、イベントを開催するとき以外は画廊はクローズになっている。事務所内にいた瑠璃は、個展に出す作品の出荷準備に追われていた。

（ええと、これで全部かな。宅配に集荷依頼を出さなきゃ）

画廊の所属作家の一人である岩本《いわもと》沙紀《さき》が銀座で個展を開くことになり、瑠璃は保管していた彼女の作品をたった今梱包《こんぽう》し終えたばかりだ。

美大で日本画を学んだ岩本の作風は柔らかく、画材や表現は日本画をベースにしているものの、作品のモチーフは西洋的なものが多い。醸し出す色味が美しく、近年徐々に人気が出てきている作家で、このたび嶋村の営業の結果個展の開催が決まり、その日程が一週間後に迫っていた。

「もしもし、嶋村画廊と申します。集荷を依頼したいのですが……はい、よろしくお願いします」

宅配業者の集荷を一時間後に手配し、瑠璃はホッと胸を撫《な》で下ろす。今日発送すれば明後日には相手先に荷物が到着し、個展の開催に充分間に合うだろう。

仕事はこれだけではない。オーナーのアシスタントである瑠璃は、事務全般と販促物の制作など、事業運営のサポートをしている。

画廊での接客や電話応対の他、在庫と売上、作品の情報管理を行っており、毎日を忙しく過ごしていた。画廊では現在五人の作家を抱えていて、日本画を初め油彩や陶芸、立体、写真のアーティストがいる。それぞれ作品を作るための資金提供や売るためのプロデュース業務を担っていて、彼らの具体的なバックアップも瑠璃の重要な仕事のひとつだ。

作家から画廊に作品が届くと、瑠璃はそれをデジカメで撮影し、画像をデータベースに落とし込んだのちに保管、収納する。作品は個展を開催して販売する他、ネットショップや画廊のウェブサイトでも出品していて、発送業務や在庫情報をこまめに更新するのも日課だった。

「ただいま」

「あ、お疲れさまです」

オーナーの嶋村が戻ってきて、瑠璃は彼に挨拶する。

現在三十七歳の嶋村は、ギャラリストとしては若手のほうだ。父親の跡を継いで以降、嶋村画廊は彼の営業力で少しずつ業績を伸ばし、どうにか黒字の利益を上げていた。

瑠璃は嶋村に向かって言った。

「岩本さんの作品の梱包、終わりました。一時間後に集荷に来てもらう予定です」

「おお、お疲れさん」

「それからD百貨店さんのアートフェアについて、担当の市井《いちい》さんがお電話をいただきたいそうです。額屋の安藤《あんどう》さんからは、お願いしていた額が入荷したとメールがありました」

「オッケー、あとで連絡する」

嶋村はミニキッチンにあるコーヒーメーカーから、自分のカップにコーヒーを注いでいる。彼は昼食後、アート雑誌の編集長との打ち合わせに出掛けてきたばかりだ。

嶋村はカップを持ってデスクにもたれ、中身をすすりながら口を開いた。

「さっき鈴木《すずき》さんとの打ち合わせのあとさ、青山《あおやま》さんのギャラリーに一緒に顔出してきたんだ」

「そうですか」

「青山さん、相変わらず和服が似合ってて、匂い立つような美人だったよ。ああいう人がギャラリーにいると、展示してる作品もより良く見えるから不思議だよなあ。今回は山尾《やまお》喜朗《よしろう》さんの個展だったんだけど、かなり見ごたえがあった。彼女のところは貸し画廊でありつつも、ああいう大物作家の企画をさらっと開催するからすごい。やっぱ人脈は大事だわ」

嶋村が言っているのは、市内の中心部にあるギャラリーのことだ。そこのオーナーはまだ二十代後半の和服美女で、元々資産家の令嬢であることから幅広い人脈を持ち、立ち上げる企画も含めて嶋村のお気に入りらしい。

「山尾先生の作品、どうでしたか？」

「圧巻だよ。彼の得意な海の絵が、三割くらいだったかな。日本画家らしく絹本《けんぽん》に岩絵の具で、日が沈む直前のたゆたう波の色味や光の揺らぎを描いてるんだけど、本当に静かで美しくてね。透明感のある仕上がりは、さすがの一言だ」

アートについて語るときの嶋村は、生き生きしている。

彼は父親が経営する画廊を引き継いだ形だが、大学の経済学部を卒業後はまず百貨店の美術部門に入社し、絵画や染め織り、茶器などの展覧会を通じて広い知識を身に着けたらしい。

その後、半ば貸し画廊と化していた嶋村画廊を、現代美術の企画画廊として立て直した。自分の目で確かめた作家と契約し、年間八本ほどの企画を行ない、作品を売ることだけで画廊を経営している。

そのバイタリティ、そして「優れた作家を世に出したい」という強い情熱は、瑠璃の目にとても眩しいものとして映った。少年のようにキラキラと目を輝かせて熱く語る様子を見ると、いつも微笑ましい気持ちになる。

（だから……）

だから、心惹かれてしまったのだろうか。

嶋村画廊に入社して三年、瑠璃は彼に対してずっと恋心を燻《くすぶ》らせていた。野性的な顔立ちや無駄に大きな声、快活な笑顔も、気づけばすべて好きになっている。

他にスタッフがおらず、いつも一緒にいるせいもあるのかもしれない。多忙な毎日の中、彼の尻を叩《たた》いて苦手な事務仕事をさせたり、徹夜で個展の準備をしたり、遠路を二人で出張したりと、瑠璃は仕事を通じて嶋村と密度の濃いつきあいをしてきた。

彼の笑顔を見ると胸の奥がぎゅっとし、「やっぱり俺は向原がいないと駄目だな」と言われるたびにうれしくなる。もっと嶋村の役に立ちたくて、その一心でひたすら仕事を頑張ってきた。

しかし瑠璃は、そうした気持ちを彼に伝えるつもりはない。

「向原、ちょっと見てくれよ、これ」

「何ですか？」

手招きされ、瑠璃は嶋村に歩み寄る。

「花《はな》がさ、このあいだ父の日にメダルを作ってくれたんだ。『パパ、いつもおしごとおつかれさま』っていうメダルなんだって。見ろよこのクオリティ、あいつは将来すげー造形作家になるかもしれん」

見せられたスマートフォンの画面には、画用紙と折り紙、リボンで作ったたどたどしいメダルの写真がある。親バカな嶋村の発言に、瑠璃は思わず噴き出しながら言った。

「花ちゃん、すごく上手ですね」

「あいつが幼稚園で作ってきてくれたもの、全部大事に取ってあるんだ。意外に器用なのは誰に似たのかなあ。やっぱ俺かな」

「きっと麻衣《まい》さんですよ」

嶋村には、妻と子がいる。妻の麻衣とは六年前に結婚したといい、一人娘の花は現在四歳だ。彼らは絵に描いたような幸せな家族で、瑠璃も仕事を超えて親しくつきあっていた。

料理上手な麻衣はいつもニコニコと愛想がよく、花は無邪気で可愛らしい子だ。そんな二人を嶋村が心から愛しているのを知っているから、瑠璃は最初から自分の気持ちを伝えるつもりはなかった。

（でも……）

それでもときおり、考えてしまう。嶋村のあの手に触れたい、一度でいいから抱きしめられてみたい。ほんの欠片でもいいから彼の愛情を自分に分けてくれないかと、望んではいけないことを願ってしまう。

（諦めるしかないって、わかってるのにね……）

瑠璃の胸には、いつも寂しさがあった。諦めようと思うのに、毎日顔を合わせるためにそれもままならない。ふとした瞬間に気持ちを自覚し、報われない想いを抱える虚しさをひしひしと感じている。

「そうだ向原、お前今日の夜は暇か？」

突然問いかけられ、瑠璃は「何かありましたか？」と聞き返した。

「いや、麻衣の親父さんが釣ってきた魚が大量にあってさ。あいつが料理するっていうから、よかったらお前もどうかと思って。ほら、最近あんまりうちに遊びに来てないだろ」

瑠璃は一瞬考えたものの、すぐに笑って答えた。

「ごめんなさい、実は今日、夜に約束があって。また別の機会に誘ってください」

「何だ、デートか？」

「ええ、そうです」

瑠璃の答えに嶋村は意外そうに眉を上げ、やがてわざとらしくため息をついた。

「見栄張りやがって。まあ、そういうことにしておいてやるよ。どうせ友達と会うとか、そんなところだろうけど」

「し、失礼じゃないですか。わたしにだって、誘ってくれる異性くらいいますから」

「はいはい。お前は見た目はそこそこなのに、何ていうかなー……くそ真面目っつーか、どうも面白味に欠けるんだよな」

瑠璃はムッとして押し黙る。そんな印象を持っているから、嶋村は自分をもてないとでも言いたいのだろうか。

（……失礼しちゃう）

瑠璃の膨れっ面を見て、嶋村が笑う。彼は腕を伸ばし、瑠璃の髪を乱してきた。

「そんな顔するなって。デート頑張ってこいよ、な？　応援してる」

「……セクハラです」

「あー、そっか。悪かった」

嶋村はまったく悪いと思っていない表情で笑い、瑠璃の髪をさらにグシャグシャに乱す。自分の席に座って仕事の電話をかけ始める彼を見つめながら、瑠璃は手櫛《ぐし》で髪を直した。

（この人は、本当にわたしにそういう相手がいるって知ったら……一体どう思うんだろう）

しかもその相手と、セックスまでしているのだと知ったら。そう考え、瑠璃は自嘲して目を伏せる。

（別にどうも思わないよね……）

嶋村にとって、瑠璃はただの部下にすぎない。特別な反応など、期待するだけ無駄だ。

偶然再会した尊と会うようになって、もう二週間が経つ。初めに勢いで寝てしまったあと、尊は瑠璃に「自分と恋愛しよう」と誘いをかけてきた。しかし嶋村への想いがある瑠璃は、それを断った。

なのに気づけば言葉巧みな尊に乗せられ、彼と連絡を取り合っている。

（何やってるんだろ、わたし。その気がないなら、尊と会うべきじゃないのに……）

嫌いじゃないから、つい連絡を取ってしまうのだろうか。

尊からは、昼過ぎにメッセージがきていた。「おはよう、もうお昼は食べた？」という挨拶のあと、今夜暇なら会わないかと誘われて、返事は保留にしている。しかし先ほど瑠璃は、嶋村の誘いを断るために尊を口実にしてしまった。

（まあ、尊に会っても会わなくても、オーナーにはばれないんだけど……どうしようかな）

ホテルのフロントで働く尊は三交代のシフト制で、今日は夕方の四時半に仕事が終わるという。瑠璃の忙しさは彼も理解していて、昨夜も帰りが夜十時を過ぎていたのを知ると、体調を気遣うメッセージがきていた。

おそらく「忙しい」といえば、彼はあっさり引き下がるだろう。しかし瑠璃は先ほど嶋村から家族の仲がいいのを見せつけられたこともあり、何となく一人でいたい気分ではなかった。

電話で取引先と話す嶋村の声を聞きながら、瑠璃はスマートフォンを手に取る。そして画面を開き、少し迷ったのちに尊にメッセージを送った。


立て込んだ仕事を切り上げ、午後六時に待ち合わせ場所のカフェに向かう。店内に入ると、尊は既に窓際の席にいた。

「ごめんね、待った？」

瑠璃が声をかけると、彼は持っていた文庫本にしおりを挟みながら答える。

「五時過ぎに職場を出てきたから、そんなに。ずっと本読んでたしね。瑠璃ちゃんこそ、お疲れさま」

今日も尊は、隙のないスーツ姿だ。職場を離れてまでこんなにピシッとした姿でいるのは疲れると思うが、外で気を抜かないのは彼のポリシーらしい。

「夕方だから道、混んでただろ」

「あ、今日は地下鉄で来たの。車は画廊に置いてきた」

瑠璃の答えに尊は少し驚いた表情を見せ、「へえ、そうなんだ」とつぶやく。瑠璃は歯切れ悪く言った。

「えっと、何だか今日は飲みたい気分っていうか……ストレスが溜《た》まってて」

尊が眉を上げるのが見え、瑠璃は慌てて続ける。

「あっ、でも尊は明日も仕事だよね？　飲むのはやめたほうがいいかな」

「いや、明日は遅番で、昼からの出勤だから。馬鹿みたいな量を飲まないかぎり、酒は全然大丈夫だよ」

瑠璃の言葉を聞いた尊は、少し考え込む。そして「じゃあ、店を変えようか」と提案してきた。

「今日はスープカレーの店に行こうかと思ってたけど、酒を飲める店にしよう。和食がいい、それとも洋食？」

「えっ、いいよ、スープカレー好きだし」

瑠璃はそう言ったものの、どうやら尊はさっさと行く店を変更したらしい。カフェを出るなり自然な形で手を繋《つな》がれ、瑠璃はぎょっとして身体をこわばらせた。

「ちょ、は、離して」

「何で？」

「何でって……」

「もう三回もヤってんのに手は繋ぎたくないなんて、瑠璃ちゃんは変わってるね」

眼鏡越しにニヤリと笑われ、瑠璃の頬が熱くなる。尊は飄々《ひょうひょう》と「あ、昔も含めたら四回か」とつぶやいた。

（カウントしないでよ……）

つくづく自分たちの関係はおかしい、と瑠璃は思う。これではまるで、つきあっているカップルのようだ。

十分ほど歩いて連れて行かれたのは、おしゃれな焼肉屋だった。

「えっ、焼肉？」

「うん。ストレスが溜まってるなら、がっつり食ったほうがいいよ。ここの肉美味いんだ」

和牛の一頭買いを謳《うた》っているその店は、さまざまな部位をリーズナブルな価格で食べられる。これまで知らなかった種類の肉を選ぶ楽しみもあり、味も申し分なかった。

たらふく食べ、飲み放題にしたために結構な酒量を飲んだ瑠璃は、二時間後ふわふわとした酩酊《めいてい》を感じながら外に出る。そして上機嫌で「ふふふ」と笑い、尊を見上げた。

「お腹いっぱい。すっごく美味しかった」

「気に入ってくれた？　よかった」

それなりに飲んだはずなのに顔色が変わっていない尊は、相変わらず端正で涼やかだ。まったく乱れのないその姿を見つめ、瑠璃は考える。

今までのパターンからすると、このあとはきっとホテルに行くはずだ。早く彼の理知的に見える眼鏡をはずし、きちんとセットされている髪を乱してやりたくてたまらなかった。

（口では「つきあう気はない」なんて言いながら、わたし、尊と抱き合うのを期待してる……）

本当は今日、尊に会ったときからそんな気分だった。だからこそ酔いたいと思っていたし、むしろ食事などすっ飛ばしてすぐにホテルでもいいくらいだった。

昔も今も、尊は優しい。抱き方は丁寧で愛情がこもっていて、本当に大切なもののように扱ってくれる。そうやって彼に触れられることで、今日の瑠璃は嶋村が手に入らない寂しさを埋めたくて仕方がなかった。しかしその一方で、尊を都合よく利用しているずるさも自覚している。

（ああ、わたしってほんと、駄目な人間だ……）

焼肉店を出た尊が、人通りが多くにぎやかな通りを歩き始める。黙ってついていった瑠璃は、やがて彼が入ろうとしたビルに驚いて声を上げた。

「ここ？」

「うん、入ろう」

尊が足を踏み入れたのは、ゲームセンターやボウリング、映画館などが入った複合型アミューズメント施設だった。

てっきりホテルに行くと思っていたのに、なぜこんなところに来たのだろう。そう思う瑠璃には構わず、尊はボウリング場がある階に向かい、さっさと受付を済ませた。

「さ、やるよ、瑠璃ちゃん。早く靴履き替えて」

「えー……」

戸惑う瑠璃の目の前で尊はスーツのジャケットを脱ぎ、椅子に掛ける。そしてワイシャツの袖をまくり、球を選んでレーンまで持ってきた。

——結局二ゲームが終わる頃には、瑠璃はすっかり酔いが醒めていた。尊はかなり上手でスコアが一八〇に届いたのに対し、運動音痴の瑠璃はたったの六十五だ。

ぶすっとしていると、尊が笑ってアドバイスしてきた。

「瑠璃ちゃん、投げるとき無駄に力みすぎなんだよ。それにせっかくスペアを取ったあとの投球がよくないから、なかなか点が伸びない」

「そんなこと言ったって、できないものはできないの。しょうがないでしょ」

何しろ高校を卒業するまでは遊ぶ友達もろくにいないような喪女だったため、ボウリングをしたこと自体が少ない。そう説明すると、尊が楽しそうに笑った。

「まあ、そういう不器用なところも、女の子っぽくて可愛いけどね。手取り足取り教えてあげたくなる」

「前から気になってたんだけど、二十九歳は女の子っていう年齢じゃないから。そういうのやめて」

「瑠璃ちゃんは、俺にとってはずっと『女の子』だよ。優しくしてあげたい」

さらりとそんな発言をされ、瑠璃の頬がじんわりと赤らむ。こんな発言をするあたり、尊はやはり恋愛慣れしていると思う。

（尊って、これまで何人の女の子とつきあってきたんだろ……）

彼は背が高く容姿が整っている上、言葉や態度で愛情表現するのを惜しまないタイプだ。きっとかなりもてたことだろう。

その後は館内のゲームセンターに行き、あれこれ遊んで、まるで学生のデートのように過ごした。外に出た頃には、時刻は夜の十時半になっている。

尊がこちらをチラリと振り返って言った。

「瑠璃ちゃんの最寄り駅ってどこ？」

「わたしは北十三条東。尊は？」

「俺は学園前。そっか、路線は同じだけど、方向が逆なんだな」

尊が地下鉄の駅に向かっているのに気づき、瑠璃は戸惑いをおぼえた。歩いているうちに大きな通りに出てしまい、焦りが募った瑠璃は、思い切って彼のスーツの袖を引っ張る。

「何？」と見下ろす彼に、瑠璃は歯切れ悪く問いかけた。

「えっと、その……帰るの？　このまま」

「うん」

瑠璃の心に、困惑と失望が広がる。てっきり最後は、ホテルに行くのだと思っていた。——むしろ行きたいと考えていた。それなのにそうした気持ちをスルーされ、急に不安めいたものがこみ上げてくる。

（もしかして、尊はもう……わたしに対してその気はないの？　わたし、何か嫌われるようなことをした？）

尊はそんな瑠璃を見下ろし、ふと眦《まなじり》を緩める。彼は「ちょっと話そうか」と言って瑠璃の手を引き、ビルの狭間に引っ張り込んだ。

そして小さく笑い、問いかけてくる。

「何でそんな顔してるの。まだ遊び足りない？」

「遊ぶのは、充分だけど……あの、そうじゃなくて」

「ああ、ホテルに行かないのかってこと？」

尊はあっさりそう口に出し、手を伸ばして瑠璃の髪を撫でた。

「今日は行かないで帰ろうかと思って。だって瑠璃ちゃん、仕事が忙しくて疲れてるだろ」

「べ、別に疲れてなんか……」

「毎日帰りが遅いとだんだん疲れが溜まっていくし、そのうち一気に体調を崩すよ。だから今日は、ストレスを発散できるようなことをいろいろしたつもりなんだけど」

確かにボウリングもゲームセンターも、楽しかった。普段はやらないような遊びも、尊と一緒だと楽しく感じた。

だが瑠璃の心には別の意味でのフラストレーションが溜まっていて、じりじりと落ち着かない気持ちに苛まれている。

（こんなの、わたしの我が儘《まま》だってわかってる。……でも）

尊は「あのさ」と言い、押し黙る瑠璃を見下ろして口を開いた。

「俺はヤることだけが目的で、瑠璃ちゃんと会いたいわけじゃないよ。確かに最初はあんなふうにホテルに連れ込んだけど、ちゃんとつきあいたいって考えてるし、大事にしたい」

吹き抜けた風が、瑠璃の後れ毛を揺らす。尊はこちらから目をそらさずに続けた。

「それで俺のことを、早く好きになってほしいと思ってる。身体だけが欲しいんじゃないんだ」

尊の言葉を聞いた瑠璃の胸が、ぎゅっと強く締めつけられた。

ただ都合よく扱おうとしているこちらとは裏腹に、尊は真摯に気持ちを向けてくれている。それが強く伝わってきて、瑠璃は先ほどまで感じていた不満がみるみる萎んでいくのを感じた。

（わたしは自分勝手なことばかり考えていたのに……尊は）

「ところで瑠璃ちゃん、今週の土曜は休み？」

じわじわと罪悪感を募らせていたところで突然そんなふうに聞かれ、瑠璃は驚いて顔を上げる。

「たぶん休みだけど……どうして？」

「俺も休みだから、一緒に出掛けたいなと思って」

瑠璃はまじまじと尊の顔を見つめる。今までは、仕事の帰りに都合のいいときだけ会う関係で、互いの休みも不規則なため、休日をすり合わせたことはなかった。

瑠璃は一瞬迷い、そして答える。

「……うん、いいよ」

「よかった。俺が車を出すから、ちょっと遠出しよう」

尊の言葉に驚き、瑠璃は彼に問いかけた。

「尊、車持ってたの？」

「うん。普段は地下鉄通勤なだけ」

「そうなんだ……」

休日に会う約束は、瑠璃の沈んだ心をわずかに浮上させた。いつも休みの日は溜まった家事を片づけるのに精一杯で、わざわざ遊びに出掛けたりはしない。

何となく浮き立つ気持ちは、表情に出ていたらしい。尊は眼鏡の奥からじっと瑠璃を見つめてくる。そしてボソリとつぶやいた。

「――そういう可愛い顔されると、帰したくなくなるな」

「えっ？」

「ボウリングに行く前も、酔ってニコニコしてるのが可愛かった。思わずホテルに連れ込みたくなるくらい」

瑠璃の頬が、じんわりと赤くなる。そんなふうに思うなら、今急いで帰らなくてもいい。そう考えていると、尊は「あー、もう」と唸《うな》り、顔をしかめた。

「駄目だ、『今日はそのつもりはない』って言ったばかりなのに……意思弱いな、俺」

「あの……」

「ごめん、今の言葉は忘れて」

別にこちらは、まったく構わない。そう思ったものの言葉にならず、結局瑠璃は押し黙る。

尊はそんな瑠璃を見下ろし、ため息をついた。そして感情を押し殺したような顔で、髪に触れながら言う。

「でもどうしても触れたいから、キスだけ。いい？」

「えっ？　……あ、うん」

頷《うなず》いた瞬間、強く身体を引き寄せられる。息をのむ瑠璃の後頭部をつかみ、尊が唇を塞いできた。

「……っ、ん……っ」

ぬめる舌が口腔《こうこう》に押し入ってきて、絡められる。表面をこすり合わせ、側面をなぞって喉奥まで入り込む動きに、瑠璃は苦しくなって尊の二の腕を強くつかんだ。

「ふっ……んっ、……ぅっ……」

抱き寄せる強い腕、覆い被さる身体、吐息まで奪う激しいキスに、体温が上がる。頬に当たる尊の眼鏡のフレームが、硬くて冷たかった。角度を変えて何度か口づけられるうち、瑠璃はここが往来から見えるビルの狭間だということを忘れそうになる。

やがて熱っぽい唇が、ようやく離された。間近で目が合った瞬間、恥ずかしくて思わずうつむく瑠璃を、尊が腕の中にぎゅっと抱きしめてくる。

「——好きだよ」

「……………」

「瑠璃ちゃんが好きだ」

真っすぐぶつけられる気持ちに、瑠璃は胸が締めつけられた。

心の中に嶋村がいるのにもかかわらず、こうして中途半端に応じる自分は、きっと尊にひどいことをしているに違いない。それなのにきっぱりと彼を拒絶できず、煮え切らない態度を取り続けている。

その後は無言で地下鉄の駅まで歩き、一緒に改札をくぐった。アナウンスが聞こえ、自分が乗る車両がホームに入ってくる気配がして、瑠璃は慌てて尊を見る。

「ごめん。来たみたいだから、先に行くね」

「うん。じゃあ、土曜に」

きゅっと手を握ってそう念を押され、ぎこちなく頷いた瑠璃は、急いで階段を下りる。

車両に乗り込む人々の最後に続き、目の前でドアが閉まって動き出すと、ホッと息が漏れた。結局ホテルには行っていないのに、尊の言葉、そして情熱的なキスで、まるで情事のあとのように身体が熱を持っている。

（土曜日、か……）

「車で少し遠出しよう」と言っていたが、尊は一体どこに行くつもりなのだろう。

先ほど別れ際に手を握られた感触が、指先にいつまでも残っていた。瑠璃はドアガラスにもたれ、物思いに沈みながら、窓の外の暗い眺めをいつまでも見つめ続けた。

第五章

週の半ばはぐずついた天気が続いたものの、土曜はすっきりと晴れて快晴になった。

今日の予想最高気温は、二十四度となっている。朝九時四十分、駐車場で黒のＳＵＶに乗り込んだ尊は、キーを差し込んでエンジンを掛けた。眩《まぶ》しい朝日が差し込む車内は早くも暑くなっていて、運転席と助手席の窓を半分ほど開ける。

（北十三条東の駅までだから、十分ちょっとで着くかな）

尊の自宅から瑠璃の最寄り駅までは、地下鉄で四駅離れている。いつもは通勤などで混み合っている道は、週末のせいかかなり空いていた。窓から吹き込む風を受けつつ、尊は車を走らせる。

火曜日に瑠璃に会った際、尊は「土曜日もし仕事が休みなら、一緒にどこかに出掛けないか」と彼女を誘った。瑠璃は一瞬驚いた顔をしたものの、結局了承してくれた。そのときの彼女の顔が心なしかうれしそうに見えたのを思い出し、尊はふと微笑む。

（仕事、少しは一段落したのかな）

火曜日の瑠璃は、待ち合わせ場所に現れたときからどことなく疲れた顔をしていた。「何だか飲みたい気分だ」と言われた尊は、そんな彼女を気分転換に連れ出した。

あの日の尊は瑠璃をボウリングやゲームセンターに連れ回したものの、結局ホテルには行かなかった。疲れているなら、自宅でしっかり睡眠を取ったほうがいい――そう思い、「行かない」という選択をしたが、瑠璃の顔を見ているうちに我慢が利かず、つい物陰でキスをしてしまった。

（……あんな顔されたらな）

自分の余裕のなさに、苦笑いが漏れる。瑠璃は健全なデートで帰ろうとした尊の行動に戸惑ったらしく、困惑した顔で袖を引っ張ってきた。

その表情には不安がにじんでいて、尊の理性はグラリと揺れた。瑠璃の態度は、まるでこちらの心変わりを恐れているかのようだった。むしろ積極的にホテルに行きたそうに見え、泣きそうな顔で見つめられたとき、尊は自らの不埒《ふらち》な衝動を抑え込むのに苦労した。

（何だかんだ言いながら、結局キスなんかしてるし。……何で俺、こんなに余裕がないんだろう）

恋愛するのは、初めてではない。それなりの人数とそれなりのつきあいをしてきて、年齢相応の経験値はあると思う。なのに瑠璃を前にすると、尊は調子が狂う。普段より衝動的になり、何が何でも彼女を手に入れたい気持ちでいっぱいになっていた。

それはやはり、十一年前のでき事に起因しているのかもしれない。幼馴染《おさななじみ》の瑠璃を抱いたあと、尊は初めて彼女を恋愛の対象として意識した。しかし抱き合った翌日、瑠璃はあっさり東京に旅立っていった。それきり向こうからは何の連絡もなく、尊は自分が単に「初体験をする相手」として選ばれただけだったという事実に、男としての自信を砕かれた。

（当時はショックだったけど、今思えばあれが自分を変えるきっかけになったんだよな。それまでは俺、ろくに将来について考えてなかったし）

結果的に、ホテルマンになったことに後悔はない。仕事にはやりがいがあり、毎日が充実している。

業務上、常にポーカーフェイスでいることが癖になった尊だが、瑠璃の前ではつい感情を出してしまうことが多くなっている。それが十一年前からの報われない想いが起因していると考えると、何となく自分が高校生のまま進歩していない気持ちになって、情けなくなった。

考え事をしているうち、車は瑠璃が待つ地下鉄の駅付近までやってきていた。徐行しながら周囲を見回した尊は、自転車置き場の前に佇《たたず》む瑠璃を見つけ、ハザードランプを点灯させて停車する。

「おはよう、瑠璃ちゃん」

助手席の窓から声をかけると、瑠璃がびっくりしたようにこちらを見た。彼女は少しぎこちなく挨拶する。

「あ、……おはよう。ごめんね、迎えに来てもらっちゃって」

「いいよ、全然。乗って」

ドアを開けて助手席に乗り込んできた瑠璃は、いつもとは服装の雰囲気が違った。

普段の彼女は、スーツかそれに準じるかっちりしたスタイルだ。打ち合わせに同席することが多いというから、ＴＰＯをわきまえているのだろう。

しかし今日の瑠璃は、白のスキッパーシャツにロールアップしたデニムで、華奢《きゃしゃ》なネックレスと少し大ぶりのピアス、緩くまとめた髪が大人っぽくて涼しげだ。ほっそりした体型を際立たせる服装で、尊は思わずしげしげと彼女を眺める。

「今日の瑠璃ちゃんの服、可愛いね」

「えっ、そう？」

「普段はいかにも仕事してますっていう感じだから」

「……だって本当に仕事してるもの」

瑠璃は口ごもり、チラリと尊を見てすぐに視線をそらす。それが気になった尊は、彼女に問いかけた。

「何？」

「尊こそ……普段と全然違う。眼鏡も掛けてないし」

「そりゃあね。休みの日まであんな格好してらんないよ」

モソモソとした言い方がおかしくて、尊は噴き出す。

今日の尊は黒のＶネックカットソーにインディゴのデニムを合わせた、シンプルな服装だ。普段はセットしている髪も下ろしたままで、仕事の日とは正反対のラフな格好だった。

「ま、仕事中はフォーマルに徹して当たり前だから。素の俺は、いつもこんなもんだよ」

「惚《ほ》れ直した？」と尊が付け足すと、瑠璃が目を丸くする。彼女はすぐにムッとした顔になり、抗議してきた。

「初めっから惚れてないし。変な言い方しないで」

「そこまではっきり拒絶されると、さすがに傷つくな」

「……っ、尊がそんなこと言うから……」

目まぐるしく表情が変わるのが可愛くて、尊は笑う。瑠璃の態度を見ると、実は結構こちらに対して脈ありなのではないかと感じるが、気のせいだろうか。

「今日はどこに行くの？」

瑠璃がそう問いかけてきて、尊は答えた。

「N峠を越えて、T湖まで行こうかなって」

「T湖？」

「遊覧船に乗って、鹿に餌をあげるんだよ。楽しそうだろ」

車で約二時間半の距離だ。高速道路を使えばもっと時間を短縮できるが、山間部を通ったほうが景観を楽しめるため、そちらのルートにする。

「瑠璃ちゃんは結構あっちのほうに行く？　小学校の修学旅行って、確かT湖だったよね」

「大人になって、改めて行ったことはないかな。それこそ小学校の修学旅行以来かも。

あ、T湖の手前のK町にはちょくちょく行くの。うちが抱えてる作家さんの一人が、そこにアトリエを構えてるから」

「へえ」

小学校以来なら、新鮮な気持ちで楽しめるだろうか。

そう思い、車を発進させようとした瞬間、尊のスマートフォンが鳴った。メールや通話アプリのメッセージではなく、電話だ。尊はスマートフォンを手に取り、画面をチラリと確認する。そして通話に出ることなく、それを元の位置に戻した。

鳴り止まないスマートフォンを見た瑠璃が、不思議そうな顔をした。

「出なくていいの？」

「うん。別に」

実は発信元の人間は、あまり話したい相手ではない。瑠璃と一緒の時間に水を差されるのが嫌で、端から尊は出るつもりがなかった。

しばらく鳴ったのち、電話のコール音が切れる。しかし車を発進させた途端にメールの着信音が鳴り、尊はうんざりした。

（……しつこいな）

スマートフォンを再び手に取り、前を向いたまま電源をオフにする。それをじっと見ていた瑠璃が、遠慮がちに言った。

「……いいの？　電源切っちゃって」

「どうせたいした用事じゃないから」

何でもないことのように告げ、尊は電話をかけてきた相手を意識の外に追い出す。

その後は運転に集中した。瑠璃がこちらを物言いたげな目で見つめていたが、彼女のほうに視線を向けなかった尊は、そんな眼差しに気づかなかった。

＊　＊　＊

座席が比較的ゆったりした造りのＳＵＶの車内で、瑠璃はじっと考え込む。目の前で尊が、スマートフォンの電源を切ったばかりだった。

今はかねてから約束していたとおり、車で遠出の最中だ。彼に会うのは、今週の火曜日以来になる。あの日、顔を合わせた尊は瑠璃をホテルには誘わず、健全なデートをして帰宅した。

彼のそんな行動の理由は、連日仕事が忙しいこちらを気遣ってくれてのことらしい。あの日尊は、「ヤることだけが目的で、瑠璃ちゃんと会いたいわけじゃない」と語った。そして本気で瑠璃とつきあい、大事にしたいと言った。

その言葉を聞いた瞬間、瑠璃は何ともいえない気持ちになった。心の中には依然として嶋村がいて、恋愛感情を完全には消せていない自分を思うと、どっちつかずのひどいことをしていると感じた。

（でも……）

あれから尊について、深く考える時間が多くなった気がする。火曜日以来数日会っていなかった分、余計に考えてしまったのかもしれない。

尊のことは、決して嫌いではない。幼い頃からよく知っている仲で、穏やかな性格なのも熟知していた。だが十一年ぶりに再会してからは、昔とのギャップに驚くばかりだ。かつて女の子と遊び慣れているように見えていた彼は、十一年経った今、理知的な雰囲気の大人の男になっていた。

仕事帰りに会うことが多いせいで、瑠璃は最近ようやく眼鏡とスーツ姿の尊に慣れたところだったが、今日車で迎えに来た彼は意外にもラフな服装で、またもギャップに驚かされた。

瑠璃は運転する尊の姿を、じっと観察する。黒のカットソーは薄手のフィットする素材で、しなやかで無駄のない彼の身体の線がはっきり出ていた。Vネックの首元からは、ストイックなラインの首筋と喉仏、太い鎖骨が見えている。

肘までまくり上げた袖から覗《のぞ》く引き締まった腕は、ゴツゴツとした骨格と浮き出た血管が目立って、ひどく男っぽい。服装自体はシンプルで、アクセントになっているのはベルトと腕時計だけなのに、私服姿の尊には成熟した男の色気があった。どこか少年めいた青さのあった高校時代とは、大違いだ。

（普段スーツできっちり隠してる部分が出てるから、余計に色っぽくみえるのかな……）

下ろした無造作な髪が、余計にそう見せているのだろうか。元々顔立ちが整っている彼は、わざわざ着飾らなくても充分見栄えがするのかもしれない。

そんな尊の私服に胸が高鳴ったのも束の間、彼のスマートフォンに着信があった。尊はチラリとディスプレイを見ただけで電話に出ず、その理由を瑠璃に説明しなかった。

さらに間を置かずメールの着信音が鳴って、顔をしかめた彼はスマートフォンを手に取ると、メールを確認することなく電源を切ってしまった。

瑠璃はそうした一連の態度に、モヤモヤした気持ちになる。

(何だろう……わざわざ電源を切ることないのに)

実は先ほど、瑠璃には尊のスマートフォンの画面がチラリと見えていた。

電話を着信したときにディスプレイにあった名前は、「愛菜《あいな》」となっていた。

(……女の人の名前?)

瑠璃の胸が、かすかにざわめく。

苗字はなく、下の名前だけだったが、おそらくあれは女性の名前だろう。電話の直後にメールを送ってくる行動からは、尊に連絡を取りたいという強い意思が感じられる。しかし彼は断ち切るようにスマートフォンの電源を落としてしまい、それが不自然に思えてならない。

違和感は、瑠璃の心にポツリと染みのように広がった。

しかし気になっても、瑠璃に尊を問い質す権利はない。彼には自分の知らない交友関係があって当たり前で、誰と連絡を取るのも自由だ。

（……気にしないでおこう。わたしには関係がないんだし）

瑠璃は窓の外に目を向ける。六月下旬の時季、梅雨とは無縁のこの地では山道は緑が旺盛で美しく、高いところからの景観に見ごたえがあった。キラキラとした木漏れ日が道路に降り注ぎ、爽やかな初夏の様相を呈している。

その後は峠の頂上に位置する道の駅で軽く休憩し、尊が運転する車はカーブの多い山道を下った。

やがて視界が開け、眼前に豊かな水をたたえたT湖が姿を現す。

「わ、きれい……！」

瑠璃は思わず歓声を上げた。

日を浴びてきらめく湖面は、深い青色だった。大きな湖の真ん中にはいくつか島があり、遊覧船で渡ることができる。活火山の影響で辺り一帯は温泉地になっていて、全国的に有名な観光地だった。

「時間も時間だし、先に飯食おうか」

尊の提案に、瑠璃は「どこで？」と問い返す。彼はナビを見ながら答えた。

「洋食屋か、ピッツェリアがあるけど」

「うーん、洋食がいいかな」

人気の老舗洋食店で昼食を取ったあと、遊覧船乗り場に向かった。三十分に一本の割合で出ている遊覧船の乗船ゲートは、多くの観光客でにぎわっている。

（何だか旅行みたいだな……）

地元から車で二時間半しか離れていないのに、こんな気分になれるのは新鮮だ。周辺に多くの観光ホテルが立ち並んでいるのが目に入り、泊まれないのが少し残念に思えてくる。

ふと見ると、外国人のカップルがマップを手に困った様子で周囲を見回していた。それに気づいた尊が躊躇《ちゅうちょ》なく彼らに近寄っていき、流暢《りゅうちょう》な英語で話しかける。

「何かお困りですか？」

尊の突然の行動に、瑠璃は驚いていた。欧米人らしいカップルは、尊が英語を話せるのを知るとかなり早口でまくし立て始めるが、彼は落ち着いて言葉を返す。やがて納得した様子の二人が笑顔になり、手を振って去って行った。

尊が戻ってきて、瑠璃は驚きながら言った。

「尊って英語、話せるんだね」

「仕事柄ね。うちのホテルは、外国の人がよく来るし」

「あ、そっか。仕事で……」

ラヴィラントホテルは市街地に近いことから外国人のゲストが多く、フロントクラークとして配属されるには高い英語力が必須だという。飲食店や観光地、電車の乗り継ぎの案内など、求められる情報は多岐に亘《わた》り、英語を使わない日はないらしい。

「すごいね……」

「学生時代は短期の語学留学もしたし、海外のホテル研修にも行ったよ。接客英語やビジネス英語をマスターするために、結構苦労した。何しろ高校時代の俺は、英語の成績が全然良くなかったから」

かつての尊からは、まるで想像がつかない。瑠璃もときおり外国人のアーティストと話す機会があるが、英語力がさほどではないため、毎回意思の疎通に苦労していた。

(ふうん……)

瑠璃の中で、またひとつ尊の印象が変わった気がした。レトロな遊覧船に乗り込み、湖の中央にある中島に着くまでのあいだ、瑠璃はデッキで湖を眺めながら彼に問いかける。

「学校のホテル科って、どんなことを勉強したの?」

「ホテルの業務全般、英語、マナー、パソコンとか。俺はバンケットの授業が一番好きだったな。皿やワイングラスの持ち方、食器の並べ方とかのサービス技術の授業なんだけど、料理をサーブするときのスマートな立ち居振る舞いなんかがあってさ」

「レストランとかの、給仕ってこと?」

「うん。他にも宿泊サービスの授業では、海外のホテルでベルパーソンとして働いていた経験がある先生が、お客さんを案内するときの目線や指差しを具体的に教えてくれたり。実用的で、すごく為になった」

他にも一流ホテルに滞在する「ステイマナー宿泊研修」を始め、尊は実地の研修も多く経験したという。

（本当に努力したんだ……）

ラヴィラントホテルでフロントにいる尊を見たことがあるが、彼は端正な佇まいで姿勢も良く、理想的なホテルマンを体現しているように見えた。

そんな瑠璃の顔を隣から覗き込み、尊が冗談めかして言う。

「どうしたの、急に黙っちゃって。ひょっとして俺のことすごいとか思ってる？」

瑠璃は彼を見上げ、あっさり「うん」と頷《うなず》いた。

「実際にホテルのフロントで仕事をしてる様子とか、さっき英語を喋《しゃべ》ってるのとかを聞いたら、尊がすごく努力してきたんだってわかるよ。本当にプロなんだなって、尊敬する」

瑠璃の言葉を聞いた尊が目を丸くし、次いでじわじわと顔を赤らめる。

珍しいその光景にびっくりする瑠璃の前で、視線をそらした彼がボソリと言った。

「……そう言われると、すごくうれしい」

「…………」

「俺がホテルマンになろうと思ったの、十一年前のことがきっかけだから。それまで何となく生きてた俺に、目標を与えてくれたのが瑠璃ちゃんなんだ。いつか瑠璃ちゃんに『すごい』って言われる男になりたかった」

瑠璃の胸が、ぎゅっと痛くなった。

かつて尊は、瑠璃に「初体験をするための、適当な相手」として扱われたことに傷つき、自信をつけたくてホテルマンを目指したのだという。

（……わたしが深く考えずにした行動で、結果的に尊の職業を決めちゃったんだ）

そう思うと複雑な気持ちになり、瑠璃は彼に謝る。

「あの……昔のことは、本当にごめんね。尊が傷ついてたなんて全然知らなくて……わたし」

「何で謝るの？　俺は今の職業に就いたの、後悔してないよ」

尊が笑って答え、その表情の濁りのなさに瑠璃の心はほんの少し軽くなる。見つめているうちに彼の整った顔を急に意識してしまい、さりげなく目をそらしながら言った。

「尊のレストランでの働きぶり、ちょっと見てみたいかも。やっぱり身のこなしとか、すごくスマートなんだろうし」

「そのうちやって見せてあげるよ。俺はさ、ゆくゆくはクラブフロアのゲストリレーションになりたいんだ」

「クラブフロアって、最上階のことだっけ？　中川さんの作品が展示される」

「ＶＩＰだけが入れる特別フロアのことで、最上階に限らず、うちのホテルは二十九階から三十二階までを指してる。ゲストリレーションはクラブフロアのチェックインとアウト、レストランや車の手配まで、ゲストのありとあらゆる要望に専属で応えるんだ。ラウンジでは、カクテルなんかも作る」

ゲストリレーションは、ヨーロッパでは「コンシェルジェ」といわれる。ゲストのプラスアルファの我が儘《まま》を聞く存在で、あらゆる事態に臨機応変に対応できる能力が求められ、さらに高い英語力と美しい立ち居振る舞い、コミュニケーションスキルが必要らしい。配属されるためには、相当な努力をしなければならないという。

吹き抜ける風に乱れる髪を押さえながら、瑠璃は尊を見つめて笑った。

「……尊なら、なれるよ。きっと」

「そうかな」

「うん。絶対」

瑠璃がそう断言すると、尊は面映ゆそうな顔で微笑む。

やがて遊覧船は中島に着き、乗船客が順次桟橋に降り立った。島内には森林博物館や売店があり、トレッキングができる他、フェンス越しに鹿と触れ合うことができる。

「わ、鹿がいっぱい。小さいのもいて可愛い……！」

「餌も売ってるよ。瑠璃ちゃん、やる？」

「うん！」

帰りの船が来るまでの三十分ほどは、あっという間だった。汗ばむくらいの陽気の中で自然を満喫した瑠璃は、やがて船で陸地に戻り、駐車場で車に乗り込むタイミングで尊に言う。

「帰りはわたしが運転しようか？　交代するよ」

「ああ、平気」

帰る途中、お土産を買ったりアイスを食べたりと寄り道しながら、日帰り旅行は終盤に近付いた。しかしあと一時間ほどで地元に着くという頃、助手席に座った瑠璃は猛烈な眠気に襲われる。

（運転してくれてるのに、隣で寝たりしたら……感じが悪いよね）

必死に起きていようとするものの、山道の揺れも相まって、ときおりふっと意識が飛ぶ。気づけば舟を漕《こ》いでいて、頭がガクンと揺れる衝撃にハッと我に返った。何度かそれを繰り返すうち、運転しながら見ていたらしい尊が笑って言う。

「いいよ、瑠璃ちゃん、眠いなら寝て。俺のことは気にしなくていいからさ」

「でも……」

「疲れてるんだろ。着いたら起こしてあげるから」

運転席から手を伸ばした尊に、優しく髪を撫《な》でられる。大きな手の感触に急激に眠気が増して、瑠璃はシートにもたれながら小さく謝った。

「ごめんね……」

「シート、少し倒す？　姿勢つらくない？」

「うん、平気……」

会話ができていたのはそこまでで、瑠璃はあっという間に眠りの世界に引きずり込まれた。車の振動が心地よく、思いのほかぐっすりと眠ってしまい、だいぶ時間が経った頃に身体を揺らして起こされる。

「――瑠璃ちゃん、起きて。もう着いたよ」

「……どこ?」

「俺ん家の駐車場」

尊の言葉に驚き、瑠璃はぼんやりと目を開ける。車は既にエンジンが切られ、駐車場に停まっていた。

瑠璃は慌てて身体を起こした。

「あの……ごめんね、すっかり寝ちゃって。わたし、帰るから」

「うちに寄っていってよ」

「でも」

「あとでちゃんと送っていくよ。とりあえずはうちで少し休憩しよう、ね?」

有無を言わせぬ調子でそう言われ、瑠璃は渋々頷く。尊の自宅は、三階の角部屋だった。

「どうぞ、入って」

「お邪魔します……」

中は1LDKで、男の独り暮らしらしく少し雑多な雰囲気だった。何となく「部屋も完璧に片づいていたらどうしよう」と考えていた瑠璃は、尊のそうじゃない部分が見れてホッとする。

キッチンカウンターに車の鍵を置いた彼は、日中の熱気のこもった室内の窓を開け、肩を回して言った。

「あー、さすがに五時間以上も運転すると疲れるな」

「ご、ごめんね。わたし、運転代わるとか言いながら、隣で思いっきり寝ちゃったりして。肩でも揉《も》もうか？」

「いいよ。瑠璃ちゃんの寝顔、可愛かったし」

　尊は笑い、キッチンに向かう。

「何か飲む？　コーヒーと紅茶、冷たい緑茶があるよ」

「あ、じゃあ緑茶で」

　時刻は夕方の五時を少し過ぎたところだった。グラスに注いだお茶を受け取り、瑠璃は何気なく周囲を見回す。

　十畳ほどのリビングにはソファとテーブルがあり、漫画雑誌が床に数冊雑に積まれていた。コンビニで買ってきたらしいパンがテーブルに無造作に置いてあったり、脱いだワイシャツとネクタイが少しだらしなくソファに掛かっていたりと、室内には普段きっちりしている尊のオフの部分が垣間見える。

　瑠璃の視線で言いたいことを察したのか、彼が苦笑いして言った。

「ごめん、あんまりきれいじゃなくて。いつもは休みの日にまとめて片づけてるんだけど、今日は時間がなかったから」

「わたしも同じだよ。尊の部屋って、昔もこんな感じだったよね？」

「うん。家には普段誰も入れないし、つい気が抜ける」

　尊の言葉を聞いた瑠璃の脳裏に、ふと今日の車の中のでき事がよみがえる。

（尊に電話してきた、「愛菜」って子は……この部屋には来てないのかな）

顔も知らない女の子をリアルに想像してしまい、瑠璃はモヤモヤする。

尊にとって、彼女は一体どういう存在なのだろう。もし仕事に関連する相手ならば、普通に電話に出ればよかったはずだ。しかしあえて無視したことで、瑠璃は彼女が尊にとって意味ありげな存在に思えて仕方ない。

そしてふいに、彼にはそういった異性関係があって当然だという事実を思い出した。

（わたしと会わなかったあいだ……尊は当然、他の女の子とつきあってたんだよね）

容姿が整っていて人当たりが柔らかい尊が、異性にもてないはずがない。きっと今まで交際した相手は、一人や二人ではないだろう。

（そうだよ。そもそも喪女だったわたしなんかつり合わないくらい、高校生の頃の尊はキラキラしてたんだから……）

今思えば、よく彼に「初体験の相手になってほしい」などと突拍子もないお願いができたと思う。

家が近所で偶然顔を合わせることは何度もあったが、尊は地味で冴《さ》えない瑠璃にいつも優しくしてくれた。だからこそそんな彼の善意につけ込み、瑠璃は深く考えずに図々しいお願いをしてしまった。――その後の行動が、尊を傷つけるとは考えもせずに。

（わたし……）

「瑠璃ちゃん、どうしたの？　疲れた？」

黙り込んだ瑠璃を見つめ、尊がそう問いかけてくる。瑠璃はモヤモヤした気持ちを持て余し、手に持っていたグラスをそっとテーブルに置いて言った。

「……ごめん。わたし、そろそろ帰るね」

「えっ？　晩ご飯一緒に食べようよ」

「ううん、いい。家でいろいろすることがあるし」

立ち上がった瑠璃はバッグを手に取り、足早にリビングを横切る。そして玄関に向かおうとした瞬間、背後から腕を強くつかまれた。

尊が瑠璃を見下ろし、戸惑った様子で言った。

「何でいきなりそんな態度を取るの。俺、何かした？」

「違う……尊は別に」

「言いたいことがあるなら言って。言葉にしてくれなきゃわかんないよ」

尊が辛抱強く問いかけてくる。瑠璃はうつむき、沈黙した。何と答えようか迷ったものの、ごまかすべきではないと考え、小さく答える。

「こうやって尊の家に来てることが……何か違うって思っただけ。だってわたしたち、つきあってるわけじゃないのに」

尊がわずかに眉をひそめ、見下ろしてくる。その眼差しに強い罪悪感をおぼえながら、瑠璃は何でもないことのように笑って言った。

「よく考えたらわたしと尊って、昔からつり合ってないよね。わたしは地味で目立たなかったけど、尊は華やかで友達が多くて……。尊にはわたしなんかより、もっと明るい子がお似合いなんじゃないかな。だってわたしはほら、メンタル的には昔とあんまり変わってないし。このあいだうちのオーナーにも言われちゃった、『お前は見た目はそこそこなのに、くそ真面目でどうも面白味がない』って。……本当にそのとおりだと思う」

嶋村に言われた言葉は、時間が経つにつれて瑠璃の中でじわじわとダメージに変わりつつあった。

自分では完全に地味を脱皮できたつもりでいたが、おそらく根本的なところは何も変わっていない。そうした部分が、わかる人にはわかるという話なのだろう。少なくとも嶋村の目には、面白味のない女として映っているということだ。

（だから、尊にもふさわしくない。……深入りしすぎる前に、もう会うのをやめなくちゃ）

そう考える瑠璃を見つめ、黙って話を聞いていた尊が口を開いた。

「つり合わないとか他にお似合いの子がいるとか、何でいきなりそんな話になるの。俺が今好きなのは、瑠璃ちゃんだよ。他の誰でもない」

「……っ」

瑠璃はぐっと言葉に詰まる。

自分が尊とどうなりたいのか、瑠璃には正直よくわからなかった。一緒にいるのは楽しいのに、彼に「好きだ」と言われるたび、瑠璃の中にはそれを信じきれないどこか卑屈な気持ちが湧き起こる。尊が昔の自分を知っているからこそ、そんな彼が本気で相手にするわけがないという考えが、いつも頭をかすめていた。

（こんなふうに考えるの、すごく嫌だ。……でも）

ごまかしようのない、それが真実だ。尊自身には感謝の気持ちしかないのに、彼に会うたびにかつて捨て去ったはずの劣等感だらけの自分を思い出させられる。

そのくせ尊に電話をかけてきた「愛菜」がどういう人間か気になって、でも彼に聞く勇気もなく、何もなかったことにしようとしていた。

うつむく瑠璃を尊はじっと見つめていたが、やがて言った。

「瑠璃ちゃんはきれいだし、性格も可愛いよ。仕事も一生懸命やってて、人としてすごく魅力的だと思う。卑屈になる必要がないくらい」

答えない瑠璃に、尊が続けて言う。

「真面目で固い部分も、長所だと思うけどな。……でも、そっか。俺の本気がまだいまいち伝わってなくて、だから瑠璃ちゃんはそんなことを言うんだ」

独り言のようにつぶやいた尊は、おもむろに瑠璃の両肩に手を置く。そしてニッコリ笑い、驚く発言をした。

「――じゃあわかってもらうために、うんと努力するしかないよね」

尊に腕を引かれた瑠璃は、彼に連れられ、玄関とは違う方向へと誘われる。ドアを開けたその先にはベッドが見えて、寝室だとわかった。瑠璃は動揺して声を上げた。

「ちょっ……尊、あの」

「何？」

「何じゃない。どうしていきなり、こんな」

「言ったろ。俺の気持ちをわかってもらうために努力するよって」

あっさり答えた尊は、瑠璃をベッドに座らせる。クローゼットを開けた彼は、すぐに目当てのものを見つけた様子でこちらを振り向いた。

「瑠璃ちゃん、手を出して」

「えっ？」

尊は取り出したネクタイを瑠璃の手首に何度か巻き付け、両手を縛っていく。瑠璃は唖《あ》然《ぜん》として彼を見上げた。

「な、何これ……」

「縛ったんだけど？　ほら、転がって」

「あっ！」

瑠璃の身体をベッドに押し倒し、尊はもう一本のネクタイを手首を縛ったものに通す。そして両腕を上に上げる形で、パイプベッドのヘッド部分に結び付けた。

驚きのあまり呆然《ぼうぜん》とし、言葉も出ない瑠璃に、尊が平然と問いかけてきた。

「瑠璃ちゃんはこんなふうに、縛ってヤったことある？」

「あ、あるわけないでしょ。解《ほど》いてよ、これ」

「そっか、俺もない。じゃあ初体験の相手が俺で、初の縛りプレイの相手も俺ってことか。ちょっとうれしいな」

「解いてってば……！」

瑠璃はじわじわとした焦りをおぼえていた。

これまでつきあってきた相手とは、ごくノーマルなセックスしかしたことがない。尊は昔から知っている幼馴染で、自分が本当に嫌がる行為はしないはずだと瑠璃は考えていた。なのに突然縛られてしまい、急に目の前の彼が怖くなってくる。

「尊……何でこんなことするの？　わたしの言葉に、そんなに腹が立った？」

青ざめた瑠璃の顔を見た尊が、苦笑いする。彼は手を伸ばし、なだめるように瑠璃の頬を撫でて言った。

「そんな顔しないでよ。俺が瑠璃ちゃんの身体に傷をつけられるわけないだろ」

「だったら……っ」

「ちょっとおとなしくしててほしいだけ。動きが不自由なほうが、感度が上がりそうだし。ほら」

「あっ……！」

突然スキッパーシャツの下に手を入れられ、脇腹に触れられた瑠璃はビクリと身体を震わせる。尊は笑い、すぐに手を抜くと、自分が着ていたカットソーを頭から脱ぎ捨てた。

途端に現れたしなやかな上半身に、瑠璃はドキリとする。引き締まった身体には実用的な筋肉が付いていて、少し乱れた髪も相まってひどく色っぽい。普段のきっちりとしたスーツ姿の彼とは正反対で、そんな彼を前に瑠璃は落ち着かない気持ちになった。

尊は腕時計をはずし、ベッドサイドの棚に置いた。そして瑠璃の上に覆い被さり、髪を撫でて屈み込む。

「んっ……」

じっと目を見つめたまま、尊がキスをしてきた。せめてもの抵抗で瑠璃が唇を固く引き結ぶと、彼は小さく笑う。

「強情だな。……ま、そのほうが責めがいがあるけど」

唇を横に滑らせた尊が、耳朶《みみたぶ》に触れてくる。耳の中に舌を入れられ、瑠璃はゾクッとした感覚をおぼえて声を上げた。

「ぁ、っ……！」

ぬめる感触が耳の中を這《は》い回り、舌が立てる水音がダイレクトに脳内に響く。逃れようにも、自分の縛られた両腕が邪魔で瑠璃はほとんど頭を動かせない。

ぎゅっと目を閉じて耐えているうち、尊の唇が首筋に移った。舌先でチロリと肌を舐《な》められ、瑠璃は声を押し殺す。

「……っ」

彼の言うとおり、縛られている分、感度が上がっているのかもしれない。些細《ささい》な刺激にも身体がビクビクと反応してしまい、瑠璃は自分でそれを制御できないことに焦りを感じた。

首筋に舌を這わせながら、尊の手が再びシャツの下に忍び込んでくる。腰のくびれを辿《たど》った手が胸のふくらみを握り込み、背中に回ってブラのホックがはずされた。

緩んだ締めつけにドキリとし、瑠璃は声を上げた。

「ま、待って……」

「何？」

「カーテン閉めて。明るいから……っ」

「ごめん。今日は最後まで閉めるつもりはないよ」

まくり上げたシャツの下、緩んだブラから胸のふくらみがこぼれ出る。腕を縛られているせいでそれ以上は脱がせられず、上からしげしげと眺めた尊が、「ふうん」と感慨深げに言った。

「中途半端にしか脱がせられないけど、これはこれでいやらしくていいね」

「あ……っ」

胸の先端を舌先で弾かれ、瑠璃はぎゅっと目を瞑《つぶ》る。

ちゅっと音を立てて吸われた瞬間、身体の芯がじんと痺れて、思わず足先を動かした。

舌で嬲《なぶ》って押し潰しつつ、尊はときおり吸い上げる動きをしてくる。そうするうちにそこは芯を持って尖《とが》り、緩やかな快感を伝えてきた。

「んん……っ、は、っ」

「いつも思うけど、瑠璃ちゃんの身体ってきれいだよね。細いのにちゃんと女らしい丸みがあって、色が白い。敏感だし」

尊の唇がようやく胸から離れ、瑠璃はホッとする。彼は肌のあちこちにキスを落とし、瑠璃のデニムのウエストのボタンをはずした。脱がされて床に放られ、下半身が無防備になった瑠璃は、必死に膝を閉じる。

尊が瑠璃の脚に手を掛け、その力の入りように呆《あき》れた顔で言った。

「脚、開いてよ。これじゃあ何もできない」

「し、しなくていいから……」

「恥ずかしい？　……じゃあ、自分から脚を開きたくなるようにしようか」

おもむろに膝にキスをされ、瑠璃はビクッとする。そのまま尊の唇がふくらはぎまで辿り始め、慌てて声を上げた。

「ちょっ、待っ……」

「足の指まで舐める？　俺は全然平気だけど」

「や、やめて……！」

シャワーに入っていないのに、そんな行為には耐えられない。

瑠璃が仕方なく膝の力を抜くと、尊は笑って脚を押し広げながら言った。

「そうそう、そうやって素直にしてたほうがいい。今の俺は、一方的に意地悪し放題だし」

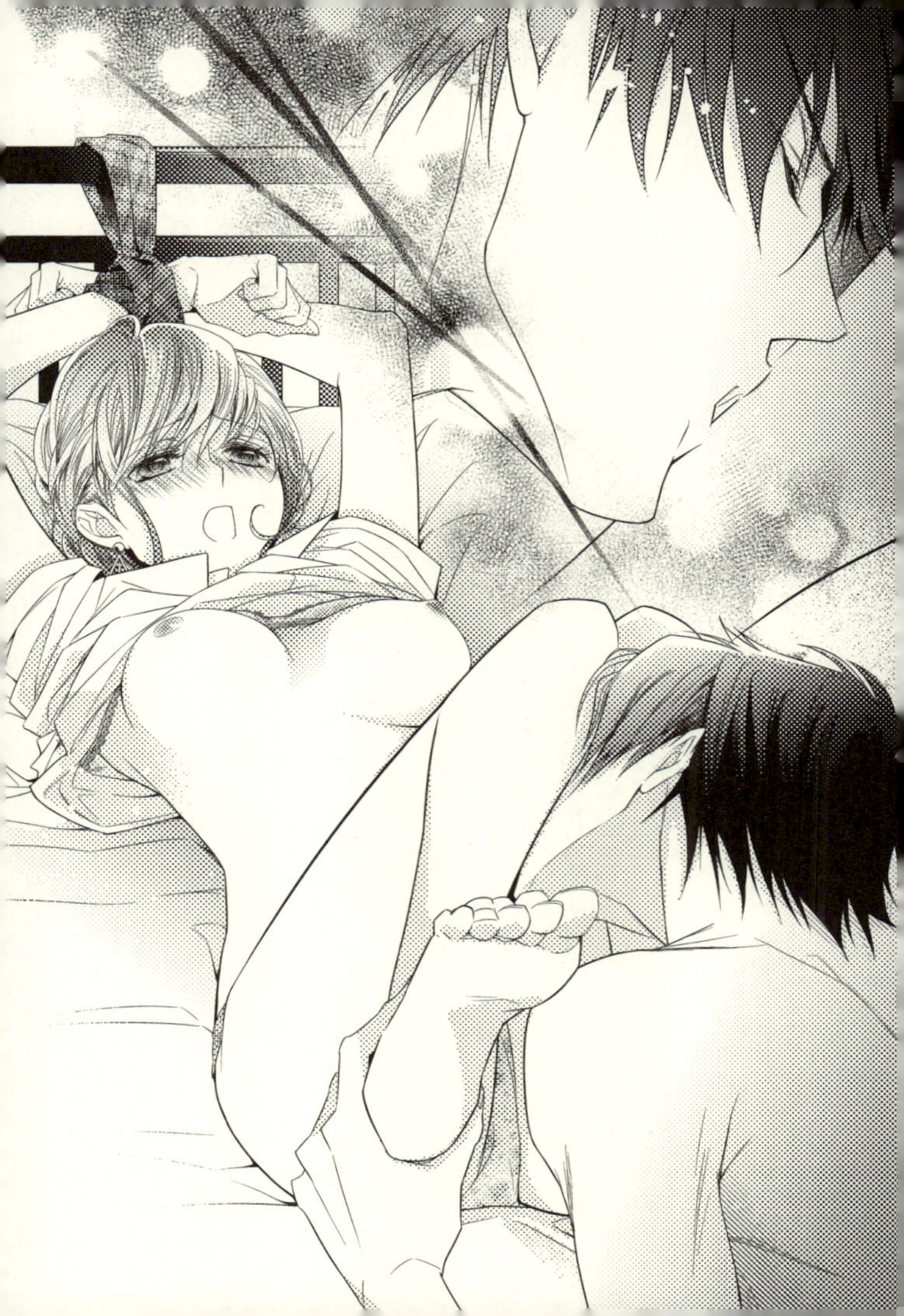

「馬鹿でも何でもいいよ。瑠璃ちゃんに触《さわ》れるなら」

下着越しに脚の間を触られ、瑠璃は咄嗟《とっさ》に漏れそうになった声を押し殺す。胸への愛撫《あいぶ》でとっくに熱くなっていたそこは、すぐに尊にばれてしまった。

「もう湿ってる。……瑠璃ちゃんは本当に感じやすくて、可愛い」

「んっ、や……っ」

布越しにぐっと快楽の芽を潰され、瑠璃は太ももをビクリと震わせる。何度も押し潰されるうちにどんどん蜜口が潤み、愛液が溢《あふ》れ出すのがわかった。

「はぁっ……んっ……あ、っ……」

嬲られ続けたそこがじんと熱を持ち、下着が濡《ぬ》れて内側がぬるぬるする。不快感をおぼえた頃、尊がようやく瑠璃の湿った下着を脱がせてきた。

息を乱した瑠璃は縛られた腕を動かしつつ、羞恥に目を潤ませて訴える。

「お願い、カーテン閉めて……っ」

「だーめ、全部見せて。……ああ、トロトロだ。縛られてるせいで、余計興奮しちゃった？　それとも明るいからかな」

「やぁっ……！」

ぬかるんだ蜜口に指を挿れられ、瑠璃は声を上げる。尊は指で隘路《あいろ》を穿《うが》ちながら屈み込み、瑠璃の唇をキスで塞いできた。

「んぅっ、ん……っ」

指を体内で行き来させつつ、尊が瑠璃の口腔《こうこう》に押し入ってくる。ざらつく表面を擦り合わせながら熱っぽく舌を絡められ、喉奥まで探られて、瑠璃は苦しさに喘《あえ》いだ。そうするうちに彼は中に挿れる指を、もう一本増やしてくる。

「んん……っ」

硬い指の感触をまざまざと感じ、瑠璃の身体がじわりと汗ばんだ。蠢《うごめ》く異物を思わずきゅうっと締めつけてしまい、そんな自分の淫らさに息が乱れる。

根元まで指をねじ込みながら、尊がひそやかに笑った。

「瑠璃ちゃんの奥、きゅうきゅうしてる。気持ちいい？」

「っ……ぁっ……」

「ほらここ、好きだろ」

「あっ、あっ、駄目……っ」

粘度のある音を響かせ、ぬかるんだ中を掻《か》き回される。感じてたまらない最奥を指でノックされて、瑠璃は身体をよじった。途端に腕を縛ったネクタイが軋《きし》み、手首にきつく食い込む。

「っ、ぁ、や……っ！」

やがて身体の奥で快楽が弾け、瑠璃の頭は真っ白になる。心臓が早鐘のように鳴り、耳元でドクドクと音がしていた。

ぐったりとした瑠璃の体内から指を引き抜いた尊が、愛液で濡れた手のひらを舐める。そして瑠璃の脚を大きく開かせると、身を屈めてそこに顔を埋めてきた。

「あ……っ」

溢れ出た愛液を、舌で舐められる。きれいに舐め取ったのも束の間、花芯を舌先で押し潰され、蜜口が再びトロトロと潤み出した。

「うっ……ん、は……っ」

温かな舌が敏感な場所を這い回り、なすすべもなく翻弄される。

身体が熱くなり、じんわりと汗ばんで、与えられる快楽を受け止めるのに精一杯だった。尊に太ももを抱えられ、舐められるがままの瑠璃は、すすり泣きに似た喘ぎを漏らす。カーテンを閉められていない室内は西日が差し込んで明るく、何もかも見られている羞恥に身の置き所のない気持ちを味わっていた。

やがて思うさま瑠璃を喘がせた尊が、口元を拭いながら身体を起こす。自らのデニムのウエストをくつろげ、彼がすっかり兆した自身に避妊具を着けるのを、瑠璃はぼんやり見つめた。

ふいに視線がかち合い、かすかに表情を曇らせた尊が、頬に触れてポツリと言う。

「……ごめん。傷つけないとか言いながら、俺はきっと瑠璃ちゃんにひどいことをしてるよな」

こちらの返事は期待していないのか、彼は話を続ける。

「でも、こんなふうに縛り付けてでも、俺は瑠璃ちゃんの心が欲しい。他の男のことなんか想ってほしくないし、全部俺だけのものにしたい。それなのに、何で他の女のほうがお似合いだなんて言うんだよ」

尊のやるせなさそうな表情に、瑠璃は胸を衝かれる。彼は瑠璃を見つめ、押し殺した声で続けた。

「──好きだよ」

「……っ」

「誰よりも大事にするし、寂しい思いなんてさせない。だから早く、俺のこと好きになってよ」

その声に懇願する響きを感じて、瑠璃は顔を歪《ゆが》める。なぜか小さかった頃の尊を思い出し、心が痛くなった。

（ああ、昔の尊もこんな顔してたっけ……）

祖父母の家に引っ越してきたばかりの頃の尊は、いつも些細《ささい》なことで泣いていた。女の子のように可愛らしかった頃の面影はもうほとんどないのに、瑠璃は彼の言葉に当時を思い出し、強く心を揺さぶられる。

尊が熱を持った自らの昂《たか》ぶりをつかみ、瑠璃の濡れた脚の間をなぞった。

「あ……っ」

「瑠璃ちゃん、力抜いて。挿れるよ」

「んん……っ」

合わせをなぞった亀頭が、ぐっと体内にめり込んでくる。尊は浅いところで何度か行き来し、瑠璃が油断したところで一気に奥まで貫いてきた。

「んぁっ……！」

内壁を擦りながら根元まで埋められた屹立《きつりつ》が、強烈な圧迫感を与えてくる。

腕を縛られたままの瑠璃の太ももをつかみ、尊は体重を掛けてより深く自身を沈めてきた。その質量に苦しさをおぼえ、顔を歪める瑠璃を見つめて、尊がつぶやく。

「は……瑠璃ちゃんの中、狭くてあったかい」

「……っ」

「奥、好きだろ。いっぱい突いてあげるから、声出して」

「うっ、あ……っ！」

わずかに腰を引き、すぐに突き上げられて、瑠璃は声を上げる。

何度も深く奥までねじ込まれ、身体が揺れて、そのたびにベッドがギシギシと音を立てた。苦しかったのは最初だけで、動かれるうちに愛液がにじみ出し、尊の動きがスムーズになる。

律動で揺さぶりながら、尊が切実な目で瑠璃を見つめていた。髪を下ろしたその姿は普段仕事をしているときより格段に若く見え、初めて抱き合ったときを彷彿《ほうふつ》とさせる。

乱れた前髪の隙間から熱を孕《はら》んだ眼差しを向けられると、身体の深いところが甘く疼《うず》い

た。たまらなくなった瑠璃は、律動の合間に尊に向かってささやいた。

「っ……腕、解いて……っ」

「…………」

「お願い……肩と手首が痛いの、だから……っ」

瑠璃の訴えを聞いた尊が、突き上げる動きを止めて手首のネクタイを解く。

ようやく解放された瑠璃は、赤くなった手首を撫でてホッと息をついた。肩と手首が痛かったのは、嘘《うそ》ではない。しかしそれ以上に、瑠璃にはどうしても今したいことがあった。

「瑠璃ちゃん、俺は——……」

尊がばつの悪そうな表情で、何かを言いかける。瑠璃はそれを遮るように腕を伸ばし、目の前の彼の頭を強く抱きしめた。

＊　　＊　　＊

瑠璃の腕に抱きしめられた尊は、驚きのあまり呆然としていた。

（……えっ？）

縛っていた腕を解いた途端、てっきり罵倒されるか引っ叩《ぱた》かれると思っていた。嫌がる瑠璃を縛ってセックスに及んだ尊は、自分がどれだけひどいことをしているかの自覚がある。

頬に触れた彼女の素肌は温かく、花のようないい匂いがした。瑠璃はぎゅっと強く尊の頭を抱き込み、あやすように髪を撫でてくる。その手つきは幼稚園の頃、「尊は本当に泣き虫だよね」と言って撫でてくれたときの感触を思い出させ、尊は顔を歪めた。

「瑠璃ちゃん……」

顔を上げた瞬間、彼女の両手が頬に触れ、尊は唇を塞がれる。

ぬめる小さな舌が口腔に押し入ってきたが、尊は反応できずにただされるがままになっていた。しばらく舌を絡ませ、やがて唇を離した瑠璃は、どこか不満げな顔で尊を見つめる。そして吐息の触れる距離で言った。

「……しないの？」

「でも、あの」

きゅうっと意図的に中を締めつけられ、わずかに萎えかけていた尊の屹立がすぐに勢いを取り戻す。瑠璃が熱っぽい息を吐き、尊の首に腕を回して言った。

「こんなふうになってるのに、途中でやめるとか──そんなのおかしいでしょ」

再び勃ったのは半ば不可抗力だったが、尊は言えずに押し黙る。彼女が言葉を続けた。

「それに縛られてるより、こうやってくっつくほうが安心できて好きだよ」

頬を赤らめ、言いにくそうにボソボソと言う瑠璃の言葉を聞き、尊の中に罪悪感が湧く。

何ともいえない気持ちになり、瑠璃の身体をきつく抱きしめて謝罪した。

「──ごめん、瑠璃ちゃん」

「……うん」

「嫌がることをするつもりはなかったんだ。ただ、独占欲っていうか……どうしても瑠璃ちゃんを、俺だけのものにしたくて」

最初は軽いプレイのつもりが、気づけば笑えない雰囲気になっていた。そんな尊の告白を、瑠璃は「もういいよ」と言って許してくれる。

尊は内心深く反省しつつ、遠慮がちに問いかけた。

「……続き、してもいい？　瑠璃ちゃんが嫌ならやめるけど」

「いいよ、……して」

尊は緩やかに瑠璃の中を突き上げる。彼女はすぐに「はぁっ……」と甘ったるい吐息を漏らし、尊の首にしがみついてきた。

蕩《と》けて熱を持った内部に律動を送り込み、尊は徐々に動きを大きくしていく。尊を受け入れた隘路がビクビクと震え、瑠璃の喘ぎが次第に切羽詰まったものになった。

「あっ、はっ、尊……っ」

「ん？　痛い？」

「ううん、気持ちい……ぁ、あっ！」

深く突き入れるたびに内襞がわななき、搾り上げるように締めつけてくる。接合部が溢れ出た愛液でぬるぬるし、動くたびに淫らな音が上がって、瑠璃が本当に感じているのがわかった。

切っ先で反応するところを抉《えぐ》りながら、尊は彼女の耳元にキスをしてささやく。

「感じてる声、可愛い。瑠璃ちゃん」

「ぁ、やっ……」

「中もすっごい濡れてトロトロ……もう達《い》きそう？」

「……っ、うん……っ」

素直な様子にいとおしさがこみ上げ、尊は彼女の髪に顔を埋めながら、華奢な身体を腕の中に抱き込む。

「いいよ、ほら——奥まで挿れられるの、気持ちいいだろ」

「んっ……深いの駄目……っ……あ……っ……！」

「可愛い。奥がビクビクしてきた」

瑠璃の中を深く突き上げつつ、尊自身も限界を感じる。

（あー、駄目だ、もう達きそう……）

息を吐いて快感を逃がし、尊は瑠璃を追い上げる。

「——達って、瑠璃ちゃん」

「っ……あ、はぁっ……あ……っ！」

言葉で煽《あお》られ、瑠璃が身体を震わせて達する。間を置かず、尊も瑠璃の身体の奥でありったけの熱を放った。

「はぁっ……はぁっ……」

互いに息を切らし、間近で見つめ合う。充足感と甘い余韻を感じながら、尊は瑠璃の身体を抱きしめて深く息を吐いた。


夏が近づいて日が長くなってきたとはいえ、午後七時を過ぎるとだいぶ外は暗くなっている。

自宅から七分ほど歩いた駅前のラーメン屋の店内で、尊は目の前の瑠璃が塩野菜ラーメンをすする様子を見つめていた。

「……美味しい？　瑠璃ちゃん」

「うん」

瑠璃の表情がどことなくツンとしているように見え、尊は内心ため息をつく。

（ま、当然だよな。……あんなことしたんだし）

尊の自宅での情事のあと、瑠璃はあまり喋《しゃべ》らなかった。行為の最中は縛ったことを「もういいよ」と許してくれた彼女だったが、終わったあとに手首にうっすらと擦れた痕が残ったのを見て、微妙な表情になっていた。

『あー……ほんと、ごめん』

答えない彼女に向かい、尊は焦って言葉を付け足した。

『冷やしたら少しは良くなるかな。あ、何か塗り薬とか……』

そんな尊の目の前で瑠璃は小さく息をつき、「しょうがないよ」とつぶやいた。そして顔を上げた彼女は、突然意外な提案をしてきた。

『わたし、ラーメン食べたい。今日は尊が奢《おご》って』

かくして自宅から歩き、尊は瑠璃と最寄り駅前のラーメン屋に来ている。

店に駐車場がないために徒歩で来たが、その道中も彼女は無言だった。出てくるときに身支度したものの、瑠璃のスキッパーシャツは少し皺《しわ》になり、どことなく気だるそうに見える。緩くまとめた髪の後れ毛がひどく色っぽく、尊はそんな彼女の姿を他の男の目に触れさせることに、少し落ち着かない気持ちになった。

「お待たせしました、味噌《みそ》チャーシューです」

声の大きな店員が目の前にドンとどんぶりを置き、尊は割り箸を手に取る。そのときチラリとこちらを見た瑠璃が箸を伸ばし、素早い動きで尊のどんぶりからチャーシューを一枚さらっていった。

驚く尊の目の前で、彼女はそれをさっさと口に放り込む。あまりの早業に啞然《あぜん》とした尊は、やがて盛大に噴き出した。

「美味い？　もっと持ってっていいよ」

もくもくと咀嚼《そしゃく》する瑠璃を見つめ、尊は提案する。

「チャーシュー全部あげようか。メンマは？」

「……全部くれたら尊のやつ、ただの具なし麵になっちゃうじゃない」

「いいよ、それでも。瑠璃ちゃんが喜んでくれるなら」

瑠璃はばつが悪そうな表情になり、「もういらない。自分のがあるし」とモソモソと答える。しばらく無言で互いに麺をすすり、やがて尊は口を開いた。

「飯食うの、もっと高い居酒屋とかでもよかったのに。せっかく俺が奢るんだから」

「今日はラーメンの気分だったの。それに尊、明日は早番なんだし、あんまりお酒飲めないでしょ？」

「うん、まあ」

接客業である尊は、いつも早番の前日は酒の量を控えるようにしている。

にぎわう店内で食事を終え、尊は二人分の会計を済ませて外に出た。近隣に飲食店が多くあるせいで、雑多な匂いを孕んだ風が緩やかに吹き抜けていく。

行き交う車が多い道の脇で、瑠璃がクルリとこちらを振り向いた。

「ご馳走《ちそう》さま、すごく美味しかった。わたし、もう帰るね」

「車で送っていくよ」

「ううん、いい。ここから尊の家に戻るほうが、かえって時間かかるもの」

瑠璃の答えに、尊は表情を曇らせる。少し躊躇《ためら》ってから腕を伸ばし、瑠璃の手首に触れて謝った。

「ごめん。瑠璃ちゃんが怒るのは当然だって、わかってる。……結局手首に痕付けちゃったし」

無言になるところが彼女の中の引っかかりを示していて、尊は大いに反省する。そして言葉を続けた。

「でも、このまま一人で帰すのは忍びない。面倒かもしれないけど、俺の自宅まで戻って車で送らせてほしいんだ。……駄目？」

尊の低姿勢な申し出に、瑠璃がうつむく。やがて彼女は、ボソリと答えた。

「……別に怒ってないよ」

「えっ？」

「もういいよって、何回も言ったでしょ。怒ってたんじゃなくて、ただ恥ずかしかっただだけ」

瑠璃はそう言い切るとかすかに頬を染め、視線をそらす。どうやら彼女はさんざん乱された情事のあと、どんな顔をしていいかわからなかったらしい。

素っ気なかった瑠璃の真意を理解し、尊の胸に安堵《あんど》が広がった。たとえ彼女が許してくれても自分の行為はなかったことにならないが、心の中にはこそばゆさと瑠璃に対する愛情が、じんわりとこみ上げてくる。

（……可愛いな）

自分の腕の中で乱れる瑠璃も、ツンとした態度を取るくせに、こちらの無茶をあっさり許してくれる瑠璃も。

どちらもいとおしくて、心から好きだと思う。

「――好きだよ、瑠璃ちゃん」

溢れそうな想いを秘めておけず、尊は彼女を見つめてそう告げた。尊の言葉を聞いた瑠璃が、きまり悪そうに目を伏せる。

「こんなところで……そういうこと言うのやめて」

やはり彼女の、心が欲しい。尊は強くそう思った。

身体だけではなく心も自分のものになってくれたら、一体どれほど幸せだろう。想いが募るにつれて、尊は瑠璃の心を占めている男に猛烈な嫉妬をおぼえていた。

(俺なら、寂しい思いはさせない。……よそ見なんか絶対にしないのに)

そんなことを考える尊を見上げ、瑠璃が言った。

「あの、送ってくれるっていう気持ちはうれしいけど、本当に大丈夫。地下鉄は今目の前ですぐ乗ればいいし、うちは駅から徒歩三分くらいのところにあるの。尊は今日たくさん運転したんだから、家でちゃんと身体を休めて。……ね?」

瑠璃が真摯な口調でそう伝えてきて、尊は頷く。

「わかった。じゃあまた、近いうちに会える?」

ほんの少し緊張しながらの問いかけに、彼女が答えた。

「……うん、いいよ」

「よかった」

地下鉄の降り口まで送ると、瑠璃が「またね」と言う。彼女が階段を下りようとした瞬間、尊はその背中に呼びかけていた。

「――瑠璃ちゃん」

「何?」

「瑠璃ちゃんの好きな男って、どういう立場の人?」

気づけばそう、口に出していた。知ってもどうしようもないのに、聞かずにはいられない。心にはふつふつと対抗心が滾《たぎ》って、尊は何が何でも瑠璃の気持ちを自分に向けたくて仕方がなかった。

尊の突然の問いかけに、瑠璃が一瞬躊躇いの表情を見せる。やがて彼女は、ポツリと答えた。

「……オーナーだよ」

「えっ?」

「うちのオーナーの、嶋村さん。画廊に入った三年前から、ずっと好きなの。でも気持ちを伝えるつもりはない。――彼、妻帯者だから」

嶋村の顔は、尊も知っている。ラヴィラントホテルで行われた打ち合わせの際、嶋村画廊のオーナーである彼もホテルに来ていた。三十代後半でアグレッシブな雰囲気の、いかにも仕事ができそうな男だったと記憶している。

(あの人が……)

押し黙る尊を、瑠璃がじっと見つめていた。彼女はこちらの質問に答えたのを後悔するかのように、わずかに表情を曇らせる。しかしそれ以上は何も言わず、話を切り上げた。

「じゃあ、もう行くね」

「ああ、……おやすみ」

今度こそ瑠璃が階段を下りていくのを見送り、尊は考える。

(じゃあ瑠璃ちゃんは……ずっと想い続けてる男と、毎日二人っきりで仕事してるってことか)

そんなふうに想像し、尊は複雑な思いにかられる。スタッフが嶋村と瑠璃しかいないなら、二人の結び付きは普通の上司と部下より強いに違いない。狭い範囲でつきあいが密な分、異性である相手に心惹《ひ》かれてしまうのは、ある意味仕方がない気がする。

(でも俺がどう思おうと、瑠璃ちゃんに仕事を辞めさせるのは不可能だ。明日も明後日も、瑠璃ちゃんは画廊に出勤して、あの人と一緒にいる……)

それは嶋村を好きな瑠璃にとって、とても苦しい状況ではないだろうか。

嶋村が妻帯者であるという事実が行動の抑止力になっているようだが、それでも彼女は三年も彼を想い続けてきた。その長さを考えると、瑠璃の気持ちが生半可なものではないと感じて、尊は暗澹《あんたん》たる思いになる。

(……聞かなきゃよかったのかもな)

思わず苦笑いが漏れた。

瑠璃に相手の素性を聞いたりしなければ、リアルに想像しないで済んだ。しかし知ってしまった今、尊は「彼女と嶋村がなるべく一緒にいてほしくない」という身勝手なことを考えてしまう。

（相手が誰だろうと、関係ない。……俺自身が努力して、瑠璃ちゃんの気持ちを自分に向けるしかないんだ）

求めている終着点が果てしなく遠く感じ、尊は嘆息する。

地下鉄の降り口から目を背け、踵《きびす》を返した。自宅の方角にうつむいて歩き出しながら、少し肌寒い夜風に吹かれ、尊はじっと物思いに沈み続けた。

第六章

マウスをカチリとクリックし、それまで書いていた文章を消す。

長いことパソコンに向かい、作品の紹介文を作っていた瑠璃は、鬱々《うつうつ》とした気持ちを押し殺した。

（あー、何か違う……。この作家の魅力を上手く伝えるには、もっといい言い回しがあるはずなのに）

ぴったりな表現が、出てこない。所属作家である南谷《みなみや》陽介《ようすけ》の百貨店での個展を控え、瑠璃は会場に置くパンフレットの文面作りに頭を悩ませていた。

入稿の締め切りまであと二日で、あまり猶予はない。それなのに上手く文章がまとめられず、何度も書いては消しを繰り返している。

瑠璃は立ち上がり、書架から南谷のポートフォリオを取り出した。嶋村画廊ではよその企画に契約作家を推薦する際、これまでの作品の目録や受賞歴などを資料としてファイルにまとめ、プレゼンしやすいようにしている。

パラパラとめくると、どこかノスタルジックで温かな色味、そして幻想的な作品の数々が目に飛び込んできた。ペイントナイフで描く彼のタッチは独特で、油絵らしからぬテクスチャーの作品も多い。

個展の主役は、もちろん作家だ。しかし瑠璃は作品を見たあとの余韻を補完する、そんな印象的なパンフレットを作りたかった。

（あんまり捻らず、もっと直感的な文言でいいのかも……写真のレイアウトや大きさも、少し変えてみようかな）

再びパソコンに向かい、しばらく作業に集中する。やがて少しずつ骨子ができてきたところで、コーヒーを淹《い》れに立ち上がった。

時刻は午後四時で、画廊の事務所内に人はいない。オーナーの嶋村は六月の最後の一週間、東京で開催された岩本沙紀の個展に参加し、撤収などの作業を終えて昨日こちらに戻ってきたばかりだ。今日はまだ出勤しておらず、昼にメールを送ってみたものの返事がない状況で、瑠璃は「どうしたのかな」と考える。

（出張の疲れで、起きられないとか……？　今日は打ち合わせが入ってないから、別に休むなら休むでいいんだけど）

カレンダーはもう、七月だ。今日の予想最高気温は二十八度で、日中かなり暑くなった。窓から眺める外は、夕方とはいえ強い日差しがじりじりと降り注いでいる。アスファルトの熱で風景が歪《ゆが》んで見え、今も気温が高いのがわかった。

ふと目に入った両方の手首は、何の痕跡もなくきれいになっている。数日前までうっすらと残っていた痕が消えたことにホッとしつつ、瑠璃は内心「オーナーが出張でいないときでよかった」と考えていた。

(まあ、コンシーラーで目立たないようにしてたけどね……)

——瑠璃の手首をネクタイで縛り、その痕を付けた尊とは、先週の土曜以来会っていない。

彼が瑠璃を縛るという暴挙に出たのは、日帰り旅行の帰りに自宅に寄った際だ。

あのときの瑠璃は、こちらを見る尊の切実な眼差しに強く心を揺さぶられた。彼は本気で、自分の気持ちを欲しがっている。そう理解した瞬間、昔後ろをついて離れなかった頃の尊を思い出し、彼を抱きしめてあげたくてたまらなくなった。

あのときの自分の衝動について、瑠璃は考える。

(わたしは……尊のことが嫌いじゃない。ううん、むしろ「嫌いになれない」っていうのが正しいかも)

母親を亡くし、精神的に不安定になっていた四歳の尊は、歳が近い瑠璃に依存した。

やがて成長と共に落ち着いた彼は同年代の友人を多く作り、次第に独自の人間関係を確立していった。そんな状況に瑠璃は安堵《あんど》と同時に、一抹の寂しさをおぼえた。それでも、お裾分けなどで互いの家を行き来する際に話したり、試験勉強につきあったときの彼は昔のままで、瑠璃は尊と自分の変わらない距離感にホッとしていた。

考えてみると彼に対して抱いていた感情は、弟を心配する姉に近いものがあったように思う。

（だから……きっぱりと拒絶できないのかも。尊がわたしにアプローチしてくるのも、……ああいうことをされるのも）

突然手首を縛られたときは驚きと怖さを感じ、明るいところで恥ずかしい行為をされたのも嫌だった。

しかし途中で尊が「ごめん」と謝ってきたとき、瑠璃はすぐに彼を許してしまった。尊が本当に反省しているのが伝わってきたこと、それにこちらに対する気持ちが暴走しての行為だったことが許した理由だが、そんな自分に何となく煮え切らなさも感じる。

（もっと怒るべきだったのかな……でもあれだけ反省して落ち込んでるのを見たら、何だかね）

あのときの彼の顔を思い出し、瑠璃は苦笑いする。

尊のことは、嫌いになれない。多少無茶な行為をされても、結局許してしまう。しかしその理由が姉のような意識でいるということなら、自分の思考は歪《いびつ》だと瑠璃は考えていた。

本当の姉なら弟とセックスなどしないし、そんな真似をされればかえって怒るはずだ。自分たちがそういう行為をするのは血の繋《つな》がりがない他人だからで、ならばさっさと彼を受け入れてしまえば、事態は丸く収まるのかもしれない。

しかし中途半端な「姉」的思考であるとはいえ、今の気持ちで尊を受け入れるのは、逆に彼の本気に対して失礼なのではないかと瑠璃は思っていた。彼は恋人同士という関係を求めていて、弟として扱われるのを望んでいるわけではない。ひょっとすると自分が瑠璃に憐《あわ》れまれていると捉えるかもしれず、そうやって尊を傷つけるのは本意ではなかった。

（そもそもわたし、十一年前も尊を傷つけてるんだよね……無神経な行動で）

かつての尊はあれっきりとは思っておらず、瑠璃ときちんとつきあいたいと考えていたらしい。だが彼のことをただの幼馴染《おさななじみ》としか思っていなかった瑠璃は、その後一切連絡を取ることはなかった。

（じゃあ、尊に対して話す？　ここまで中途半端につきあっておいて、「やっぱり弟としか思えない」って……？）

――それもまた、彼を傷つけてしまうのではないか。そう考え、ここ数日の瑠璃の思考は袋小路に入り込んでいた。

「あーあ、どうしたらいいのかな……」

ポツリとしたつぶやきが、事務所内に響く。

先週の土曜以来、瑠璃は尊と会っていない。月末の締めの業務が忙しく、会う時間をまったく作れなかったからだ。しかしそれも昨日で一段落し、今日は暇とまではいかないものの、少しだけ息をつける日となっている。

（……今日は早番だって言ってたっけ）

現在勤務中である尊からは、今日はまだメッセージがきていない。

先週からずっと、忙しさを理由に会うのを断っていた。自分の中ではっきりと結論が出ていないのに会うのは、何だか違う気がしていた。だがそれも、いつまでも使える手ではない。

（連絡がきたら、何て答えよう……）

瑠璃はコーヒーの入ったマグカップを持ち、デスクに向かう。そのとき入り口のドアが開いて、嶋村が入ってきた。

「あっ、お疲れさまです。ずいぶん遅かったですね」

「……ああ」

瑠璃は電話の横に貼った付箋を見ながら、彼に報告をする。

「先ほどギャラリー田村さんからお電話がありました。時間があるときにでも連絡をください とのことです」

嶋村が返事をせず、瑠璃は顔を上げて彼を見る。

「オーナー？」

嶋村からの、反応が鈍い。

瑠璃はそっと彼の様子を窺《うかが》った。今日の嶋村は、どこか険しい表情をしている。煙草を取り出して咥《くわ》えるしぐさに苛立ちがにじんでいるように見え、瑠璃は不思議に思って内心首をかしげた。

（……何だろう）

出勤するのが遅かったのといい、突発的なアクシデントでもあったのだろうか。そう考えつつ、瑠璃は彼に問いかける。

「お昼にメールを送ったんですけど、ずっと返事がなくて心配してたんですよ。何かありましたか?」

瑠璃の質問に、彼は答えない。瑠璃はため息をつくとミニキッチンまで行き、嶋村のカップにコーヒーを注いだ。そして彼に近寄って、それを差し出す。

「はい、どうぞ。ひょっとして昨日飲みすぎて、二日酔いだったりします? あんまりお酒臭くしていると、花ちゃんに『パパ、くさーい』って嫌われちゃいますよ」

「…………た」

コーヒーのカップを受け取りながら嶋村がボソリと何かつぶやき、瑠璃は「えっ?」と問い返す。嶋村が答えた。

「麻衣が、浮気してた。あいつ、俺が家を空けてるあいだに男を連れ込んでて……そいつと昨日、偶然鉢合わせしたんだ」

意外な告白を聞き、瑠璃は驚きに言葉を失う。

嶋村の妻の麻衣は現在三十歳で、彼より七歳年下になる。かつて嶋村が働いていた百貨店のカフェに勤務していたのが彼女で、彼の猛アタックの末に交際に発展し、一年後に結婚したと聞いていた。

瑠璃の目から見た二人は、理想的な夫婦だ。麻衣は料理上手でいつもニコニコと愛想がよく、可愛らしい。そんな彼女に嶋村がベタ惚《ぼ》れなのは傍目にも明らかで、だからこそ瑠璃は彼に恋愛感情を抱きつつも、「自分に割り込む余地はない」と諦めていた。

ましてや彼らの間には、花という娘がいる。そんな状況で、麻衣は浮気に走るだろうか。そう考える瑠璃に、嶋村が説明した。

「昨日俺は東京から戻ってきたけど、本来は今日の予定だっただろう？　撤収が早く済んだっていうのもあったけど、あえてサプライズで帰ろうと思って、麻衣には連絡しなかったんだ」

東京の行列ができる店で買ったスイーツを土産に、嶋村は午後七時に自宅に到着した。

――そこにいたのは、乱れた寝室で眠り込む麻衣と若い男だった。

「は、花ちゃんは……？」

「麻衣の実家に預けられてた。男のほうは、二十四歳の大学院生だとよ」

嶋村は鼻で笑い、話を続ける。

突然の夫の帰宅に麻衣は狼狽《ろうばい》し、「違うの」「誤解しないで」などと嶋村に弁明していたらしい。一方の男は慌てて服を着て逃げようとしたため、捕まえて素性を問い質したという。

「カフェ巡りが趣味の麻衣が、たまに行く店でバイトをしてたのがそいつだってさ。子どもがいるのは黙ってたらしくて、花のことを言ったら男は驚いてたな。あいつ、俺に隠れて半年ものあいだ、その男とつきあってた」

嶋村がどういう経緯でつきあい始めたのか追及すると、麻衣は「見た目が若い自分を年下だと思い、男のほうが一目惚れしてアプローチしてきたのが発端だ」と説明した。

最初は断っていた麻衣だったが、年上でも構わないという相手に悪い気はせず、やがて昼間の互いの時間が合うときに逢瀬《おうせ》を重ねるようになった。途中、結婚している事実を告げたものの、男は「構わない」と答え、麻衣は彼を自宅にまで連れ込んでいたという。

瑠璃は恐る恐る口を挟んだ。

「そ、それで一体、どういう……」

「相手は学生だから、親を呼び出してやったよ。麻衣の親とうちの親も呼んで、総勢九人で話し合いだ」

結婚の事実を知ったあとも、男は家主不在の家に入り込んで麻衣と情事に及んでおり、悪質だ——そう嶋村が告げると、男と麻衣の両親は平身低頭で詫《わ》びてきたという。

その後離婚の話、そして「娘の花は嶋村が引き取る」という話が出たが、麻衣が半狂乱になり、結論は出ないまま一旦話し合いを中断したらしい。

「男と麻衣に請求する慰謝料やら、離婚の話やら、花の親権の件も……深夜まで時間をかけても結論が出なくて、さすがに疲れたよ。あんまりあっちがゴネるようなら、さっさと弁護士を入れたほうがいいかもしれない。疲れてたけど、知らない男が使ったベッドで寝る気になれなくて、ビジネスホテルに泊まったんだ。酒を浴びるほど飲んで寝て、目が覚めたのがついさっきだった」

「…………」

嶋村の憔悴《しょうすい》の理由がわかり、瑠璃は胸が痛くなった。

瑠璃の目から見た彼は、妻と娘を心から愛していた。麻衣がいつも家事を完璧にこなしてくれることに感謝し、一人娘の花を目に入れても痛くないほど可愛がっていた。

二人の存在が嶋村が仕事をするための原動力となっていたのは、想像に難くない。それなのに幸せな家庭は一瞬で崩れ去り、今の彼は妻を寝取られた惨めな男に成り下がっている。

「あの、オーナー……」

〝気を落とさないでください〟と言おうか。そう思ったが、落とさずにいられるはずがなく、どんな言葉も慰めにはならない気がして、結局瑠璃は押し黙る。

嶋村がコーヒーをすすり、一息ついた。そして手の中のカップを見つめながら、口を開いた。

「今回の件で思ったけど、女ってのは天性の役者なんだな。俺はあいつが浮気してるなんて、今まで欠片も気づかなかった。花が向こうの実家に遊びに行くのはよくある話だったし、麻衣は俺の前ではいつもニコニコしてて、よそに男がいても俺とのセックスを拒否することはなかったから」

「……あの」

生々しい表現にどう反応していいか困り、瑠璃は口ごもる。

そんな瑠璃をチラリと見た嶋村が苦笑いし、「俺も浮気しようかな」とつぶやいた。瑠璃は驚き、彼を見つめる。

「えっ?」

「浮気にはなんねーか、俺はあいつと別れるつもりだから。それとも関係が破綻してる今でも、婚姻中に他の女とつきあったら浮気になるのかな。なあ、どう思う?」

「オーナー、落ち着いてください。自暴自棄になるのはよくないですよ」

瑠璃は投げやりな口調の嶋村をたしなめる。彼が笑って言った。

「俺は落ち着いてるよ、至って冷静だ。要するにさ——向原、どうだ」

「どう、って……何がですか?」

「俺と寝るかって聞いてんだよ。傷ついてる俺の、癒しになってくれないかって」

瑠璃は顔をこわばらせる。必死に何でもない表情を取り繕い、「何言って……」といなそうとした。しかし嶋村は鼻で笑い、言葉を被せてきた。

「だってお前、ずっと俺のこと好きだろ。ある意味チャンスじゃないか? 俺は麻衣と別れるんだからさ」

瑠璃の心臓が、ドクリと嫌な感じに跳ねる。

あまりの発言に、咄嗟《とっさ》に言い返すことができなかった。嶋村は、瑠璃が彼に対して恋愛感情を抱いているのを知っていた。そしてこれまで素知らぬふりをしていたにもかかわらず、今こちらの気持ちを利用するかのように誘いをかけてきている。

その瞬間、瑠璃の中にこみ上げたのは、怒りとも悲しみともつかない感情だった。嶋村に気持ちを知られていたいたたまれなさ、それを揶揄《やゆ》された痛み、そして「そんな気持ちを抱いているお前なら、喜んで俺と寝るだろう」と鼻で笑いながら告げられた憤り——すべてが混然一体となって、心の中でぐちゃぐちゃになっていた。

（オーナーにとってのわたしって……その程度の存在だったんだ）

ポツリとした確信が、心に波紋を広げた。

動揺はまだ収まらなかったものの、落ち着くために深呼吸をする。泣くまいと呼吸を整えたが、それでもじわりと目に涙がにじみ、視界がわずかにぼやけた。

瑠璃は嶋村に向き直る。ふと顔を上げた彼は、瑠璃の表情を見て目を瞠《みは》った。瑠璃は震えそうになる声をぐっと抑え、きっぱりと告げた。

「お断りします。わたしにも——最低限のプライドがあるので」

嶋村が言葉を失っているのを尻目に、瑠璃はデスクのパソコンを終了させ、慌ただしく電源を落とす。そしてバッグを引っつかんだ瞬間、嶋村が「向原……」と呼びかけてきた。

瑠璃は彼の顔を見ずに告げた。

「すみません。少し早いですけど、今日はこれで帰らせていただきます。……お疲れさまでした」

足早に嶋村の横を通り過ぎ、外に飛び出す。あえて車には乗らず、瑠璃は駅の方角に向かって歩き出した。

午後四時半とはいえ外はまだ蒸し暑く、ギラギラとした西日が降り注いでいる。大きな通りに出ると、道行く人々が皆暑そうな顔をしながら歩いていた。

瑠璃は肩に掛けたバッグの紐《ひも》を、ぎゅっと強く握りしめる。先ほどの嶋村の言葉が、何度も耳によみがえっていた。思い出したくないのに、こちらに向かって発言したときの彼の表情までが鮮明に脳裏に浮かび、胸がズキズキと痛みを訴える。

（馬鹿みたい。――どれだけ仕事を頑張っても、わたしはオーナーにあんなふうにしか思われていなかったのに）

ふいにバッグの中で、スマートフォンが鳴り出す。

取り出してみると、電話をかけてきた相手は思ったとおり嶋村だった。瑠璃はディスプレイに表示されたその名前を、複雑な思いで見つめる。今さら電話などしてきて、彼は一体自分に何を話すつもりなのだろう。まさかまだ、愚痴を言い足りないとでもいうのだろうか。

（今、電話に出ても……わたしは冷静に話を聞けない。感情的になって、オーナーにひどい発言をしてしまう気がする……）

しばらく待っているとようやくコールが切れて、瑠璃は電源を落とすためにボタンに手を掛けた。その瞬間、メッセージが届き、驚いて目を見開く。

（……あ）

メッセージを送ってきたのは、尊だ。彼はつい先ほど仕事が終わり、すぐに連絡してきたらしい。

『こっちは早番が終わったよ』『瑠璃ちゃん、忙しいのは一段落した？』

「……っ」

何と答えようかと迷ったが、すぐに結論は出た。瑠璃は手早くスマートフォンを操作し、尊に返事を送る。

『今すぐ会いたい』『どこにいるの？』

瑠璃の文面からただならぬものを感じたのか、いくらも待たずに尊から返信がきた。

『会うのは全然いいけど。そのつもりだったし』『大丈夫？　まだ仕事中じゃないの？』

瑠璃は「大丈夫だ」と答え、いつものカフェで三十分後に会う約束を取り付けた。

ホッと安堵の息を漏らしたのも束の間、ふと尊と会うことに躊躇《ためら》いをおぼえていたはずの自分を思い出し、瑠璃はばつが悪くなる。彼に対しての態度を決めかねているなら、安易に会うべきではない。そう考えていたはずなのに、今の瑠璃はどうしても一人でいるのがつらく、つい尊と会う約束を取り付けてしまった。

（また、尊を都合よく利用しようとして――わたしは）

罪悪感がこみ上げたものの、瑠璃はあえてそれに蓋をする。今日だけはこちらを心配してくれる尊に会って、嶋村に傷つけられた心の痛みを和らげてもらいたかった。

スマートフォンの電源を落とした瑠璃は、地下鉄の駅に向かって歩き出す。そしてじりじりと照りつける日差しの眩しさを厭《いと》い、目を伏せた。

＊　＊　＊

フロントの早番勤務の場合、朝の時間帯はチェックアウトがメインになるが、午後はチェックインが主な業務となる。

昼休みを一時間取ったあと、尊は電話応対や予約入力をしながらフロントでチェックインするゲストを迎えた。午後三時まではアーリーチェックインやチェックイン前の荷物の預かりが主で、三時からは通常受け付けとなっている。

「今日はいつもよりゲストの数が多いですね。何かありましたっけ」

去年配属された後輩の女性フロントクラークがそう話しかけてきて、尊はパソコンの画面を見ながら答えた。

「明日、H大工学部でシンポジウムがあるようですよ」

「ああ、なるほど。それで」

国際会議や学会などが行われるとき、市街地に近いホテルは宿泊客が増える。ラヴィラントホテルもそれに漏れず、今日はいつもより若干宿泊者の数が多いようだった。

チェックインのラッシュは一時間ほどで落ち着き、それ以降はゲストの情報整理や現金有り高表の記入を行う。そして作業途中の仕事がないか確認したあとで遅番の者へ申し送りをし、勤務終了となる流れだ。

あと三十分ほどで勤務が終わるという頃、尊はBillと呼ばれる企業向けの請求書を作成していた。

（月が変わったけど、瑠璃ちゃんの仕事は一段落したのかな……）

先週の土曜以来、尊は彼女に会っていない。今日は金曜で、約一週間顔を見ていないことになる。

一応理由として、「月末だから忙しい」とは聞いていた。多忙な瑠璃を無理に誘えず、尊はこの一週間メッセージを送るだけに留めている。

（……アレを怒ってなきゃいいけど）

尊の懸念は、前回会ったときに彼女の手をネクタイで縛った件だ。結果的に瑠璃の手首に赤い擦り傷を残してしまい、尊は彼女に深く謝罪した。

瑠璃は「怒ってない」と言っていたものの、こう何日も会えないとつい「あの件が原因で、自分と会うのを避けているのではないか」などと勘繰ってしまう。

しかもあの日の別れ際、尊は瑠璃に「好きな相手は、一体どういう立場の人間なのか」と聞かなくてもいいことを聞いた。その結果、彼女が想う相手が上司である嶋村隼人だとわかり、以来ずっと悶々《もんもん》としている。

（俺とは会わなくても、嶋村さんとは毎日顔を合わせてるんだよな……）

同じ職場なのだから、当たり前だ。なのに尊は、嫉妬に似た気持ちを抱く自分を持て余す。会う回数が多くなるにつれ、瑠璃への執着は増すばかりで、なかなか進展しない関係に少し焦りもおぼえていた。

土曜の日帰り旅行は、楽しかった。仕事着ではないカジュアルな服装の瑠璃は新鮮で、鹿を見て子どものようにはしゃぐ姿も、帰りにぐっすり眠り込む姿も微笑ましく、庇護欲《ひごよく》をそそられた。

彼女も楽しんでいるように見え、尊はこのまま自然な流れでつきあう形に持っていけるのではないかという、淡い期待を抱いていた。しかし尊の自宅に来た瑠璃は、突然「自分と尊はつり合わない、だからもっと明るい女の子とつきあったほうがいい」などと卑屈な発言をした。

それを聞いた瞬間、尊の中にはじわじわと苛立ちが募った。瑠璃が過去に地味で目立たない女子だったのも、内気で友人が少なかったのも知っている。すべて承知の上で尊は瑠璃とつきあいたいと考えているのに、彼女にはまるで伝わっていない。それがひどくもどかしく、悔しかった。

（だから……）

だからこそ、瑠璃の手を縛るという暴挙に出てしまったのかもしれない。本当は縛りたかったのは身体ではなく、心だ。自分のことだけを見てほしいのに、瑠璃の気持ちは嶋村のほうを向いている。多少強引な真似をしても、尊は彼女の意識を自分に向けたくて仕方がなかった。

（でもあれは、反省しなきゃ駄目だよな。いくら瑠璃ちゃんが許してくれても、身体に傷をつけるなんて論外だし）

前回に限らず、行為の最中につい夢中になって我を忘れてしまう瞬間があるのは確かだ。彼女はひどく感じやすく、反応がいちいち素直で煽《あお》られる。

（……なんてな。仕事中に思い出すことじゃないか。集中、集中）

目を伏せてBillに金額を記入していた尊は、何気なく視線を上げる。そしてロビーに見覚えのある姿を見つけ、かすかに眉をひそめた。

（あれは……）

ニコニコしながらこちらに歩み寄ってくるのは、二十歳前後の若い女性だ。買い物帰りらしい彼女は、いくつかのショップの紙袋を手に提げている。

尊は内心苦々しい気持ちになりつつ、表面上はいつもどおりの顔を作る。そして立ち上がり、口を開いた。

「いらっしゃいませ」

「よかったー、いてくれて。もし夜勤だったらどうしようかと思っちゃった」

尊は視線だけでチラリと横を窺う。フロント内にいる後輩は少し離れたところで電話中で、こちらに意識を向けていない。それを確認し、目の前の彼女に向かって淡々と告げた。

「申し訳ございません、勤務中の私的な会話は、ご遠慮させていただいております」

「ふふっ、そう言うと思った。今日は早番？　じゃあもうすぐお仕事終わるでしょう？」

彼女は尊の都合など、まったく意に介した様子がない。尊が沈黙していると、少女は微笑んで言葉を続けた。

「そうやって相手をしてくれないなら、ずっとここでお話ししちゃおっかなー。他のお客さんが来ても、私には関係ないし。ね、それでもいい？」

いいわけがない。そんなことをされるのは、営業妨害だ。

尊の表情で考えを悟ったのか、目の前の彼女がニッコリ笑う。そして愛くるしい顔で、尊を見つめて言った。

「早番が終わるの、四時半でしょ。従業員用出入り口で、出てくるの待ってるね」

*　　*　　*

午後五時少し前の街中は、にぎわっている。何となくいつもより混んでいるように感じたが、考えてみれば今日は週末の金曜だ。これから飲みに繰り出す人も多いのだろう。

画廊の最寄駅から地下鉄で三駅移動し、瑠璃は市内の中心部まで来ていた。いつも尊と会うときは、だいたい決まったカフェで待ち合わせている。彼の職場からも地下鉄で二駅の位置にあり、周辺には店が多い。歓楽街にも徒歩で行ける距離だ。

（ちょっと早く着きすぎちゃったな……。お店で待ってればいいか）

地上へと向かう階段を上りながら、先ほどの嶋村とのやり取りを思い出し、瑠璃は憂鬱な気持ちを押し殺す。

時間が経つにつれて胸の痛みは増していたが、一方でこんな気持ちで尊と会おうとしている自分に、迷いがこみ上げていた。

(オーナーの件で悩んでるからって尊に会おうとするの……やっぱり失礼かも。尊はわたしのことが好きなのに)

しかも尊は、瑠璃の想い人が嶋村であるのを知っている。そんな状況で彼に会うのは、都合よく利用していると思われても仕方がない。

(でも……)

今の瑠璃は、どうしても一人でいたくない。誰かに一緒にいてほしいと思ったとき、すぐに頭に浮かんだのは尊の顔だった。

(……オーナーが、あんなことを言うなんて)

最愛の妻が半年間も不倫をしていたと知り、嶋村が受けた心の傷は察するに余りある。しかしだからといって、当てつけのようにこちらに対して「俺と寝るか」などと誘いをかけるのは、人として違う気がする。

(……一体いつから気づかれてたんだろ)

瑠璃は苦い笑いを浮かべる。

精一杯普通の態度を取っていたつもりなのに、嶋村はこちらの気持ちに気づいていた。彼がどんなふうに考えていたのかと想像し、瑠璃は忸怩《じくじ》たる思いを嚙《か》みしめる。

(鬱陶《うっとう》しいって……思ってたのかな。それとも楽しんでた？ たまに髪に触れたりするスキンシップも、わざとだったの？)

深くため息をついた瑠璃は、地上に出て左の方角に足を向けた。目的のカフェは地下鉄の駅にほど近いところにあり、すぐにその建物が見えてくる。

先ほどよりいくぶん涼しくなった風に髪を巻き上げられ、瑠璃は片方の手でそれを押さえた。そしてふと前方に目を留める。

（あれって……）

店の前にいるのは、スーツ姿の尊だ。彼は一人ではなく、見覚えのない若い女性と一緒にいる。

彼女は二十歳前後で、女性というより女の子といったほうがふさわしい雰囲気だった。栗《くり》色の柔らかそうな髪は肩甲骨の下まであり、パッチリとした大きな瞳と透き通るような肌が印象的だ。フェミニンな白いトップスと膝上のスカートという服装は、彼女の華奢《きゃしゃ》さと可憐《かれん》さを引き立て、道行く人がチラチラと興味深そうに振り返っている。

二人は店の前で、何やら話し込んでいた。尊が何かを言い、彼女が答えているが、身長差のある二人は遠目にもひどくお似合いに見える。

（あの子……）

——ひょっとして、彼女が「愛菜」ではないか。瑠璃は直感的にそう思った。

先週の土曜に彼女が尊の携帯に電話をしてきたとき、彼は瑠璃の視線を意識したのか、着信を無視した。しかしその行動はかえって不自然さを感じさせ、印象に残っていた。

（どうしよう……さっきメッセージを送ってきたときは、連れがいるだなんて一言も書い

てなかったけど）

瑠璃がそう思った瞬間、彼女が腕を伸ばし、尊の胸に抱きついた。白昼堂々のその光景に、瑠璃はドキリとして息をのむ。

「……っ」

意外にも尊は、すぐに彼女を押し退けなかった。往来の真ん中という状況の中、チラリと周囲の視線を気にした様子の彼は、しがみつく彼女に何か言っている。

その様子はひどく親密に見え、瑠璃に強いショックを与えた。

（どうして……）

心臓がドクドクと音を立てている。見てはいけないものを見てしまった気になりながら、それでも二人から視線をはずせずにいると、尊がふとこちらを見た。

「……瑠璃ちゃん」

瑠璃の姿を見た彼は、一瞬気まずそうな表情を浮かべた。「しまった」とでも言いたげな顔を目の当たりにした瑠璃は、二重にショックを受ける。

尊が少女の肩を押し、身体を離した。彼女はそこで瑠璃の存在に気づいた様子で、じっとこちらを見つめてくる。真正面から見ると少女は本当に整った愛らしい顔をしていて、予想外の美少女ぶりに瑠璃は動揺した。

何も言えずにいると、彼女は微笑み、尊を見上げて問いかけた。

「お知り合い？」

少女が尊に向ける眼差しには、親しみと気安さが感じられる。それを見た瑠璃はいたたまれなさと疎外感をおぼえ、ぐっと拳を握った。そして顔を上げ、尊に告げる。

「……何だかお邪魔みたいだから、帰るね」

踵《きびす》を返し、元来た道を戻ろうとする。そのとき尊が大股で近づいてきて、瑠璃の手首をつかんだ。

「待ってよ。お邪魔とか、そんなんじゃない」

「じゃあ何？　往来の真ん中で抱きついてくるような相手が一緒にいるのに、どうして今日わたしを誘ったりしたの」

「あいつは瑠璃ちゃんが思ってるような人間じゃないから」

あまりに陳腐に聞こえる言葉に、瑠璃は声を抑えて問い返す。

「なら、どういう相手？」

尊は眼鏡の奥の眼差しを泳がせ、しばらく沈黙した。答えなければ納得しない瑠璃の雰囲気を察したのか、彼はため息をつき、渋々といった体《てい》で低く答える。

「……妹だよ」

彼の答えを聞いた瞬間、瑠璃は呆《あき》れと失望が心を満たしていくのを感じた。

尊とは、幼稚園の頃からのつきあいだ。実家は二軒隣という間柄で、家族構成も当然熟知している。

瑠璃は目を伏せ、顔を歪めて言った。

「尊、一人っ子でしょ。……嘘《うそ》をつくなら、もう少しましなのにすればいいのに」

尊が何か言おうとする気配を感じたが、瑠璃は聞かずに手を振り解いた。そして人混みに紛れ、足早にその場をあとにする。

心の中に、ドロドロした感情が渦巻いていた。尊があんなにもお粗末な、その場しのぎの嘘をつくとは思わなかった。可愛い女の子に抱きつかれているのをこちらに目撃され、追い詰められた結果があの発言なのだろうか。

（ああ、もう。今日のわたし、本当に踏んだり蹴ったり……）

苦い笑いがこみ上げてくる。

尊が追ってこないのは、あの「妹」が放さなかったせいかもしれない。状況から察するに、彼は瑠璃に先ほどの光景を見られたことに動揺し、どうにかして彼女の存在をごまかそうと考えたのだろう。尊が二股をかけていたのか、そうでないのかはわからないが、抱きつかれても拒絶しない程度に彼女と親密な関係であることは確かだ。

その事実に、瑠璃はひどく傷ついていた。

「……っ」

唇を噛み、瑠璃は喉元までこみ上げた気持ちの奔流を押し殺す。そうしなければうっかり泣いてしまいそうで、画廊に自分の車を置いてきたことを後悔した。

精一杯普通の顔を装い、足早に地下鉄の階段を下りる。一刻も早く、一人になりたい——そう考えながら、瑠璃はぐっと奥歯を噛みしめた。

＊　＊　＊

時刻は、二十分ほど前に遡る。

仕事の終わり際、招かれざる客の訪問を受けた尊は、苦々しい気持ちでため息をついていた。

（ほんと、飽きないよな……）

彼女――愛菜からは、先日も連絡が来ていた。当初は気づかないふりでスルーしたものの、何度もしつこくメッセージを送られ、尊は渋々「何？」と返事をした。

『今週のお休みって、いつ？　久しぶりに会いたいなー』

そんな問いかけをされ、尊は「教えない」と素っ気なく返したが、その結果がこれだ。

交代の時間になって遅番のスタッフに仕事を引き継いだあと、更衣室に向かった尊は、鬱々とした気持ちでロッカーを開ける。そして自分のスマートフォンを取り出し、ふと考えた。

（……考えてみれば、アポなしで来た人間にわざわざつきあってやることなんてないんだよな）

当初の予定どおり、瑠璃に連絡して今日の都合を聞く。もし彼女が会えるというのなら、愛菜はさっさと帰せばいい。

そう結論づけ、尊は通話アプリの画面を開く。ディスプレイを操作し、瑠璃にメッセージを送った。

『こっちは早番が終わったよ』『瑠璃ちゃん、忙しいのは一段落した？』

現在の時刻は午後四時四十分で、おそらく瑠璃はまだ仕事中だ。いつものパターンからいくと、会えるとしても午後六時か七時くらいになるかもしれない。

そう考えていた尊だったが、彼女からはすぐに返事がきて、その内容に驚いた。

『今すぐ会いたい』『どこにいるの？』

瑠璃の文面には何やら切羽詰まった雰囲気が漂っていて、尊は困惑した。これまで彼女がこんなふうに「会いたい」と訴えてきたことは、一度もない。

尊はすぐに返信をした。

『会うのは全然いいけど。そのつもりだったし』『大丈夫？　まだ仕事中じゃないの？』

瑠璃は「大丈夫」と返してきて、二十分後の午後五時に会う約束をする。

スマートフォンを閉じた尊は、どこか釈然としない気持ちになっていた。

（……何だろう）

何かあったのだろうか。そう考えながら着替えを終え、守衛に「お疲れさまです」と挨拶をして、従業員用の出入り口から外に出る。

そこには笑顔の愛菜が待っていた。

「お疲れさま」

「……うん」

「早番だと、こうしてまだ明るい時間に会えるからいいよね。今日はね、一緒にご飯が食べたくて来たの。ほら、この前一緒に行ったエスニックのお店、すごく美味しかったでしょ？　また行きたいなーって」

尊を見上げてくる愛菜は、顔だけ見れば飾っておきたいくらいの美少女だ。本人もそれがよくわかっていて、これまで会った異性にはほぼ例外なくちやほやされてきたらしい。

しかし特別扱いをするつもりのない尊は大股で駅に向かって歩き出しつつ、彼女に向かって淡々と告げた。

「悪いけど、これから人と会う用事があるから。お前にはつきあえないよ」

「何でそんなこと言うの。もしかして、職場に来たのを怒ってる？」

「それもある。『来るな』って、何回言ったらわかるんだよ」

尊の言葉を聞いた愛菜は頬を膨らませ、不満げに答えた。

「だって職場に行かないと、全然会ってくれないじゃない。メールもろくに返事してくれないし」

「職場にお前が来ても、俺は相手できない。フロントで長々話されるのは邪魔だし、本来しなきゃならないゲストの対応に差し支えるから。もう何回もそう説明したはずだけど、無視してるのはどっちだよ」

ホテルのすぐそばにある地下鉄の駅の階段を下り、尊は改札にICカードをかざす。愛菜もすばやくかざして改札を通過し、ぶすっとしながら車両に乗り込んだ。

走り出した車内で、しばらく互いに無言だった。やがて彼女は、不貞腐《ふてくさ》れた顔のまま尊に問いかけてくる。

「……ねえ、どこで降りるの」

「どこでもいいだろ。お前はもう帰れ」

「嫌。誰かと会うなら、私もついてく」

尊は彼女を見下ろし、顔をしかめた。

「……あのな」

「いいでしょ、ちゃんとおとなしくしてるから。余計なことは話さないし、ね？」

まるでとびきりのアイデアのように目を輝かせ、愛菜は笑顔で尊にそう提案してきた。折悪しく地下鉄が目的の駅に着いてしまい、尊は車両から降りる。そしてホームで彼女に向き直って告げた。

「ついてくるのは、断固として断る。お前は今すぐ帰れ、わかったな」

きっぱりした口調に愛菜がぐっと顔を歪め、その場に立ち尽くす。尊はそんな彼女をホームに置いて、さっさと階段を上がった。

少しでも甘い態度を取るのは、禁物だ。愛菜はあの愛くるしい笑顔を武器に、何だかんだで自分の意見を押し通すことに長けている。

これまではどんな我が儘《まま》を言っても周りの誰かが何とかしてくれていたようだが、尊はあえてそういう態度を取っていなかった。だからこそ、彼女はむきになってこちらに執着しているともいえる。

（ホテルまで来られたら、防ぎようがないんだよな……）

フロントに来た人間には、尊は仕事として応対せざるを得ない。それを逆手に取る形で愛菜がラヴィラントホテルまでやって来たのは、もう片手では足りない回数だ。その都度注意しているのに聞かず、何度も同じことを繰り返すのは、彼女いわく「自分に構わない尊が悪いから」らしい。

改札を通り、外へ向かう階段を上る。瑠璃と待ち合わせているカフェは、少し歩いた先にあった。

店に入ろうとした尊は、ふと何か予感がして来た道を振り返る。案の定、数メートル離れた先に愛菜の姿を見つけ、うんざりとため息をついた。

「……何でついてきてるんだよ」

「だって……わざわざ会いに来たのにすぐ帰れだなんて、ひどい。どうしてそんなに冷たいの」

歩み寄ってきた愛菜にそう問いかけられ、尊は彼女を見下ろす。愛菜は恨みがましく尊を見て言った。

「私と会って話したり一緒にご飯食べるのって、そんなに面倒なこと？　前はいつでも連絡してきていいって言ってたじゃない」

「一体何年前の話をしてるんだよ。もうあのときとは、状況が違うだろ」

とはいえこちらもさんざん彼女の連絡をスルーしているのだから、不満を抱かれるような対応をしているのかもしれない。尊に愛菜の機嫌を取る義務はなかったが、確かにかつて「いつでも連絡してきていい」と言った覚えがある。

（まあ、その結果が鬼のような執着だから、もう反故《ほご》にしてもいいくらいだけどな……）

「なあ、俺はさ……」

尊が口を開きかけた瞬間、愛菜が突然スーツの胸に抱きついてくる。彼女は尊の背中に回した腕にぎゅっと力を込め、小さな声で言った。

「ね、ちょっとの時間でいいんだよ。私の話を聞くためにほんの少し時間を割いてほしいだけなのに、どうしてメールすらろくに返してくれないの？　寂しいよ」

「……なかなか返事をしないのは、悪かった。でも俺にも都合があるし、お前の望むタイミングでいつでも返事ができるわけじゃない。それはわかるだろ」

愛菜を胸に抱きつかせたまま、尊はなだめる口調で彼女に語りかける。往来でこんなことをされるのは本意ではないが、無理やり引き剝がして激昂《げきこう》されても面倒だ。それに瑠璃と愛菜を同席させるつもりは毛頭なく、尊は適当に落ち着かせて彼女を帰らせようと考えていた。

「なるべくメールは返すよ。だから今日はもう、帰ってくれないか」

「嫌」

「……愛菜」

「誰と会うのか確かめるまでは、私帰らない」

プライベートに平気で踏み込んでこようとする愛菜に、尊の中に苛立ちが募る。

そのとき尊は、ふと雑踏の中に見覚えのある姿を見つけて目を瞠った。少し離れたところからこちらを凝視しているのは、瑠璃だ。その姿を見た瞬間、尊は「しまった」と思った。

「……瑠璃ちゃん」

（くそっ、こんなタイミングで……）

今さらながらに愛菜の肩をつかんで身体を離すと、彼女が不思議そうに尊の顔を見つめ、視線の先を辿る。そして瑠璃の姿を見つけた愛菜は何かを感じ取ったのか、微笑んだ。

彼女は尊を見上げ、無邪気な顔で問いかけてくる。

「お知り合い？」

——その後の展開は、最悪なものだった。愛菜との仲を誤解した瑠璃が踵を返し、あっという間に雑踏に紛れていく。尊はすぐにあとを追おうとしたが、愛菜に強く腕を引かれ、その場に押し留められた。

尊は苛立ち、愛菜を見下ろした。

「……っ、離せよ」

「ね、あの人が帰っちゃったのって、もしかして私のせい？」

まるで時間稼ぎのようにわかりきったことを聞かれ、尊は舌打ちして答えた。

「見ればわかるだろ。離せって」

「もう追いかけても間に合わないってば。……ふふっ、『妹』っていうの、あの人信じてなかったねー。そりゃそうだよね？　だって事実じゃないんだもん」

愛菜が楽しそうにクスクス笑い、尊は目に怒りを漲《みなぎ》らせて彼女の腕を振り払う。愛菜はその乱暴さに目を瞠ると、不満げに言った。

「怒んないでよ。ただ『お知り合い？』って聞いただけで、私、他に余計なことは何も言わなかったでしょう？　そっちで勝手にこじれたくせに、何で私に八つ当たりするの」

尊は深く息を吐き、眼鏡の下の目頭を押さえる。愛菜のあざとさに腹が立っていたが、確かに彼女は瑠璃の前で一言しか発言していない。八つ当たりをしていると言われれば、まったくそのとおりだ。

（もっと早く、瑠璃ちゃんに話しておけばよかったのに……何でこんなことになってるんだろう）

尊はスーツのポケットから、スマートフォンを取り出す。何としても瑠璃を捕まえて、きちんと話をしなくてはならない。そうでなくても今日の彼女は急に会いたがったりと、いつもと少し様子が違っていた。それなのに、そんな状態で一人で帰してしまったことが心配になる。

尊はスマートフォンのロックを解除しつつ、愛菜に言った。

「お前はもう帰れ。俺は彼女と話をしなきゃならないから」

「えー、でも……」

「でもじゃない。そもそも用事があるって最初に説明したのに、図々しく割り込んできたのはお前だろ。いい加減にしないと、本気で怒るぞ」

「本気」の部分に力を込め、尊が鋭い視線を向けると、愛菜がしゅんとする。彼女はボソリと答えた。

「……わかった。でも今度、絶対時間作ってね」

素直に「うん」と言えないことをお願いされ、尊は押し黙る。愛菜がさらに念を押してきた。

「メールも返してね。さっき約束したでしょ」

聞き分けのない子どものような態度に、尊は苦々しい思いで返事をする。

「……わかったよ」

愛菜が「じゃあね」と駅の方向に去って行き、尊はようやく息をつく。

予想外の邪魔が入り、変に瑠璃との仲がこじれてしまった。こんなことで彼女との関係が終わるのは、本意ではない。何としても連絡を取ろうと携帯に電話をかけるが、何回コールしても、回線は通話に切り替わらなかった。

（出てくれないか……）

このタイミングだと、瑠璃はまだ地下鉄に乗っている頃だろうか。いっそ自宅に押しかけてやりたい気がしたものの、考えてみれば尊は彼女の最寄り駅しか知らない。そんな自分の詰めの甘さに、強い苛立ちがこみ上げた。

『ちゃんと話したい　連絡ください』

そうメッセージを送ったが、いつまでも既読は付かなかった。

じりじりとした焦りばかりが募り、落ち着かない気持ちになる。自分はどう動くのが最良なのだろう――そう考え、尊は物憂いため息をついた。

第七章

地下鉄に揺られ、自宅に帰り着いたのは、午後五時半より少し前だった。

普段仕事の日はこんなに早く帰ることはなく、瑠璃は何となく新鮮に感じる。

（あ、スーパーに寄らないで帰ってきちゃった……。まあいっか）

冷蔵庫にはろくな食材がなかったが、元々食欲はない。

バッグを床に落とし、ベッドに身体を投げ出す。頬に触れる馴染《なじ》んだリネンに安堵《あんど》の息を漏らし、瑠璃はそのままじっと目を閉じた。

（あーあ、何だかいろいろ疲れちゃった……）

嶋村の件、そして先ほど偶然目撃した、尊と女の子の件――そのどちらもが瑠璃の気持ちをひどく重くし、鬱々《うつうつ》とさせていた。

ベッドに転がったまま床に腕を伸ばした瑠璃は、バッグの中からスマートフォンを取り出す。電源を入れてみると、着信とメールの数がすごいことになっていた。

瑠璃は嶋村からのメールを開いてみる。そこには「さっきはどうかしていた、お前に失礼な発言をしたのを許してほしい」という内容が書かれていて、もう一通も似たようなものだった。嶋村からの着信は合計で三回あり、うち一回は留守電にメッセージがある。

『向原、ごめん。……本当にすまなかった』

絞り出すような彼の声を聞いた瑠璃は、顔を歪《ゆが》めた。再びスマートフォンの電源を切り、ベッドの上に投げ出す。

（謝るくらいなら……どうしてあんな言い方をしたの）

確かに長年嶋村を好きだったが、実際誘われたときの瑠璃の中には、喜びなど欠片もなかった。ただ気持ちを知られていた恥ずかしさと惨めさだけがあり、あれ以上彼と同じ空間にいることができず、逃げるように画廊を出てきた。

（せっかく誘われたんだから、オーナーと寝ればよかった？　……そうしたら、あの人を手に入れることができたのかな）

そう想像してみたものの、これまで願ってきたはずのことなのに、何ひとつうれしくない。その理由を、瑠璃はじっと考える。

――自分はきっと、あんなふうに自暴自棄になる嶋村を見たくなかった。そしてあっさりと今までの関係を壊すような発言をする彼に、失望した。

瑠璃は自分が何に対して一番ショックだったのかが、わかった気がした。この三年間、瑠璃は画廊のために身を粉にして働いてきた。ありとあらゆる雑務を一手に引き受け、ときにプライベートの時間まで削るのは、まったくつらくなかったと言ったら嘘《うそ》になる。

でも瑠璃は、「アートを造る」ということを裏から支える仕事が楽しかった。画廊がバックアップする作家が少しずつ世間に認められ、作品が売れていくのを見るのは、心地良い達成感があった。

そして「良い作家を、自分の手で世に送り出したい」という情熱を燃やす嶋村を見ているのが、とても好きだった。彼のバイタリティ、飽くなき仕事への攻めの姿勢などに憧れて、自分にできるかぎりの力で支えてきたつもりだった。それなのに、そうしたすべてを丸ごと無視された気がして、虚しくなっている。

(オーナーは、ちゃんと理解してるのかな。……わたしが何に対して一番怒ってるのか)

確かに嶋村の身に降りかかった事態については、気の毒だと思う。愛していた妻に裏切られ、幸せだった家庭が一瞬にして瓦解してしまえば、荒んだ気持ちにもなるだろう。

だがそれをアシスタントの瑠璃にぶつけるのは、お門違いだ。仕事の片腕として認めてくれているのなら、そこはきちんと線引きをしてほしかった。そして自分が苦しいからといって、こちらの恋心を利用するような真似はしてほしくなかった。

そんなふうに自分の気持ちを整理し、瑠璃は小さく息をつく。

(仕事、どうしよう。……こんなふうになって、わたしは今後も続けていけるの？)

仕事では否応なしに、嶋村と毎日顔を合わせることになる。今の気持ちで、彼とこれから先もやっていけるのだろうか。

しばらく考え、瑠璃は「オーナー次第だ」と結論づけた。嶋村が仕事とプライベートを混同せず、こちらに対して二度とあんな発言をしないと誓ってくれるなら、これからも働ける。だが自分の痛みを正当化するなら、きっと無理だ。

そう思い、ふと瑠璃は今の自分が嶋村と恋愛するのを望んでいないことに、唐突に気づいた。

（ああ、そっか。わたし……）

なぜなら今心を占めているのは、別の存在だからだ。いつも揺るがず瑠璃に対して「好きだよ」と告げてくれていた男が、他にも親しい異性をキープしていたかもしれない可能性に、胸が潰れるほど不安になっている。

（わたし、尊に対する気持ちが「姉」みたいなものかもって考えてたけど……全然違う）

先ほど尊にあの女の子が抱きついているのを見たとき、瑠璃の心にあったのは確かに嫉妬だった。自分以外の誰かがあれほど親密に彼に触れるのが、嫌でたまらない。それが目を瞠《みは》るほどの美少女なら、なおさらだ。

そうした嫉妬は、きっと姉ならば感じない。尊を恋愛の対象、つまり男として見ているからこその感情だと思う。

（でも……）

――尊は彼女が「妹」だと、嘘をついた。

幼馴染《おさななじみ》である瑠璃は、尊の家族構成を知っている。母親は彼が四歳のときに病死し、その後まもなく尊は父親と一緒に祖父母の元に引っ越してきた。あのときからずっと尊は一人っ子だ。他に兄弟がいるという話は、一切聞いたことがない。

尊がそんなすぐにばれる嘘をついたという事実が、瑠璃には信じられなかった。これまでの彼は、瑠璃に対してとても誠実に見えていた。こちらの煮え切らない態度を許容し、いつだって真摯に愛をささやいてくれた。

尊の眼差し、言葉がすべて嘘だったとは思いたくない。だが自分たちは、あくまでも恋愛未満の関係だ。もし彼が嶋村が好きだというこちらに見切りをつけ、あの少女を選んだというのなら、瑠璃には何も言う権利はなかった。

（もう今さら、遅いってことなのかな……）

あれだけ自分に好意を示していた尊が、他の女性と親密だという事実が、瑠璃にはまだ受け入れられない。しかし少なくとも往来で抱きついてくるあの少女を、尊が拒絶しなかったのは確かだ。

先ほど見たスマートフォンには、着信とメッセージがいくつも残っていた。尊が連絡してきているのだとわかっているが、瑠璃は確認する気力がない。それが「妹」という発言をさらに上塗りする苦しい言い訳なら、見たくはなかった。

（あーあ、本当に踏んだり蹴ったり……）

恋心を自覚したのがこんな状況になってからということに、苦い笑いがこみ上げる。もっと早くに尊の気持ちを受け入れていたら、今頃自分は幸せだったのだろうか。――尊の眼差しは、他の相手に向かなかったのだろうか。

そう考えた途端、目に涙が盛り上がり、目尻を伝ってポロリと落ちた。枕に次々と染みていくそれを止められず、瑠璃は深く息をつく。

涙を止めるのを諦め、目を閉じた。スーツから部屋着に着替えることすらしないまま、瑠璃はぼんやりと考え続け、気づけば深い眠りに落ちていた。


目覚めたときは朝の五時になっていて、外はもう明るくなっていた。

外から帰って来た姿のまま寝てしまった自分に呆《あき》れながら、瑠璃は起き上がる。そして皺《しわ》になったスーツを脱ぎ、熱めのシャワーを浴びたあと、化粧をして部屋の掃除を始めた。

洗濯機を回しつつキッチンやトイレ、玄関まできれいに磨き上げる。普段は朝、ギリギリの時間に起きているため、掃除などは後回しだ。休みは休みで溜《た》まった洗濯物を片づけたり、布団を干すなどしているうちに終わってしまうため、細かいところまではなかなか手が行き届かないのが現状だった。

午前八時、すっかりきれいになった部屋で、瑠璃はアイスティーを淹《い》れてホッと息をつく。掃除をしながらいろいろと昨日のでき事を反芻《はんすう》し、自分なりに気持ちの整理をつけた。

（……尊と会って、話をしよう）

一人で思い悩んでいても仕方がない。彼に昨日の女の子の素性を聞き、そして返事次第で自分がどうするかを決めるしかないのだと思う。

その前にメールの内容を確かめるため、瑠璃はスマートフォンの電源を入れた。内容はだいたい、予想していたとおりだ。「瑠璃ちゃん、今どこ？」「ちゃんと話したい。連絡ください」――その中に昨日の少女についての言及はなく、瑠璃は複雑な気持ちになる。

尊は一体、どんな説明をする気なのだろう。瑠璃の心には昨日尊が彼女に抱きつかれていた光景、そして「妹」という弁解の言葉が沁《し》みついて離れない。

明確な嫉妬と、一方でそれをおこがましいと思う気持ち、そして尊への想いが渦巻いて、瑠璃の胃がシクシクと痛くなった。

（今日の尊のシフト、何だろ……昼くらいに連絡してみようかな）

車は前日、画廊に置いてきてしまっている。

いつもより少し早めに自宅を出て地下鉄を乗り継ぎ、瑠璃が職場の最寄り駅に着いたのは、午前八時四十五分だった。駅から徒歩五分程度の距離をうつむきがちに歩く頭上から、強い日差しがじりじりと降り注いでいる。

（はあ、暑……）

もう夏といっていい暑さに辟易《へきえき》しつつ、瑠璃はバッグの中から画廊のセキュリティカードを取り出した。何気なく視線を上げた瞬間、行く手に見覚えのある黒いＳＵＶが一台停まっているのを見て、目を瞠る。

（えっ……？）

画廊のほうに目を向けると、スマートフォンを片手に入り口横の壁にもたれて立つ、背の高い人物がいた。

それが誰か気づき、瑠璃の心臓がドクリと跳ねる。ネイビーのポロシャツにクロップドパンツ、下ろした髪という私服姿の尊がそこに立っていた。

（何で、尊がここに……）

立ち止まった瑠璃に気づき、尊がこちらを見る。思わず「どうして……」とつぶやくと、彼は小さく息をついて答えた。

「どうしてって、瑠璃ちゃんがスマホの電源を切ってるからだろ。俺は自宅を知らないし、確実に捕まえるには、画廊で待ってたほうがいいんじゃないかと思って。前にもらった名刺を見て、ここまで来たんだ」

「で、でも、仕事は……」

「今日は休みだよ。偶然ね」

壁際にいた尊が、こちらまで来る。彼は瑠璃を見下ろして口を開いた。

「昨日、瑠璃ちゃんが帰っちゃったのは……他の女が俺に抱きついてるのを見たからだよな」

「……っ」

「ちゃんと説明させてほしい。まず昨日の相手と俺は、瑠璃ちゃんが誤解してるような関係じゃない。昔も今も、あいつと恋愛関係だったことは一度もないって断言できる」

瑠璃はぎゅっとバッグの肩紐《ひも》を握りしめる。

そうは言うものの、昨日目撃した二人はかなり親密に見えた。そんなふうに考えていると、尊が言葉を続けた。

「瑠璃ちゃんも知ってるとおり、俺はずっと一人っ子だった。幼稚園のときに母親が亡くなって、それ以来ずっと親父と爺《じい》ちゃん婆ちゃんと、四人で暮らしてたから。でも、高校三年のときに二人が揃《そろ》って老人ホームに入ったのをきっかけに、親父が再婚したんだ。相手の人にも娘が一人いて、当時は小学校五年だった。――それが昨日の『妹』だよ」

瑠璃は驚き、尊の顔を見てつぶやいた。

「……嘘」

「ほんとだよ。疑うなら瑠璃ちゃん、自分の実家に電話して聞いてみてよ。瑠璃ちゃん家のおばさん、うちの親父が再婚したことも、それで俺に妹ができたことも知ってるから」

尊の表情に、嘘はない。「ほら、早く」と瑠璃は半信半疑でバッグからスマートフォンを取り出し、実家に電話をかけた。さほど待たずに母親が「はい、向原です」と出て、瑠璃は口を開く。

「あ、お母さん？　わたし。ごめんね、急に電話して」

『瑠璃？　あんた、ろくに連絡してこないばかりか、うちにも滅多に顔出さないで。元気にしてるの？』

「うん、元気。あのね、突然変なこと聞くけど、ご近所に宇佐見さん家があるでしょう？　尊の家」

『宇佐見さんがどうしたの？』

「そこのおじさんって……もしかして再婚した？」

瑠璃の恐る恐るの問いかけに、母親は呆れたように答えた。

『いきなり何なの、電話してくるなりよそのおうちの話なんて。したわよ、あんたには言ってなかった？　……もう十年くらい前かしらね。お爺ちゃんお婆ちゃんがホームに入ったあと、ご主人が再婚したの。お相手は会社の部下だった女性で、連れ子の娘さんも一人いるわ。奥さんも美人だけど、その娘さんがまあ、びっくりするくらい可愛い子で』

（……本当だったんだ……）

家を出てからの瑠璃はあまり帰ることがなく、たまに顔を出しても滞在時間が短かった。そうして多忙を理由に寄り付かなかった結果、そうしたご近所の事情を聞きそびれてしまったらしい。

母親はまだ話し足りないようだったが、瑠璃は適当にお茶を濁して通話を切る。そんな瑠璃を見て、尊が淡々と言った。

「俺の言うことが嘘じゃないって、信じてくれた？」

「うん。……あの……ごめんなさい。ろくに話も聞かずに疑ったりして」

自分の早とちりを、瑠璃は素直に反省する。しかし昨日見たその「妹」は、白昼堂々彼に抱きついていた。それを思い出していると、こちらの言いたいことを察したのか、尊が苦い表情で言った。

「瑠璃ちゃんがもうひとつ引っかかってるの、抱きつかれてた件だろ。あいつ——愛菜は何ていうか、すごく俺に懐いてるんだ。ちょっと引くくらいのレベルで」

現在二十一歳だという妹の愛菜は極度のブラコンで、尊に対して強い独占欲を抱いているという。

両親が再婚した当時、高校三年だった尊は、小学五年生の愛菜をできるかぎり可愛がった。それは家族として仲良くやっていくための彼なりの努力だったが、そうした行動は幼かった愛菜の中で、「お兄ちゃんは、私が独占していい存在」としてインプットされてしまったらしい。

「小さいうちはまあ、それも可愛かったんだけどさ。中学生になって以降のあいつ、『すごい美少女だ』って周りからちやほやされるのに拍車がかかっちゃって、自分の我が儘《まま》は何でも通るって勘違いしたみたいなんだ。それはあまりよくないと思って、俺は意図的に彼女と距離を取ったり、ときおりたしなめたりしてたんだけど」

——しかしそんな尊の素っ気ない態度は、愛菜を余計にむきにさせた。

誰よりもかっこいい「兄」を恋人のように独占したいのに、尊はそれをさせてくれない。望めば周りが何でも言うことを聞いてくれるのに慣れていた愛菜は、尊が家を出て独り暮らしを始めた途端、彼に対する粘着行為を加速させたのだという。

「とにかく頻繁に会いたがって、メールやメッセージをしつこく送ってくる。無視したら俺の勤務先まで押しかけてきて、仕事の妨害をするんだ。周りに迷惑をかけないためにはある程度あいつにつきあってやるしかなくて、ほとほと手を焼いてた。一年前までつきあってた彼女と別れた原因も、半分くらい愛菜にあるし」

「えっ……」

互いの忙しさが原因で尊と交際相手がぎくしゃくし始めた頃、愛菜は尊の彼女に、自分と彼との親密さや血の繋《つな》がりがない事実をことさら強くアピールするようになったという。そして実家に保管されていた合鍵を勝手に持ち出し、尊の不在時に自宅アパートに無断で入り込んだりと、わざと猜疑心《さいぎしん》を煽《あお》る行為をしていたらしい。

（……あの子が？）

昨日瑠璃が見た愛菜は天使のように可愛らしく、そんな邪心は一切感じさせない雰囲気だった。尊がため息をついて言った。

「昨日も勤務の終わり際に、フロントまでアポなしで押しかけてきたんだ。俺の仕事が終わるのを待ち伏せしてたから、『人と会う予定がある』って断ったんだけど、『どうしても一緒に行きたい』って食い下がってきて」

拒否しても追いかけてきた愛菜は、「どうしてそんなに冷たくするの」と往来の真ん中で尊に抱きついてきた。無理に引き剥がして泣かれるのが面倒だと思った尊は、なるべく穏便に済ませようと彼女をなだめている最中だった。――それが昨日瑠璃が目撃した、事の顛末《てんまつ》らしい。

瑠璃は半ば圧倒されつつ、口を開いた。

「こんなこと言ったら、あれかもしれないけど……その子が尊に対して抱いてるのって、恋愛感情じゃない？」

「うん、たぶんね」

尊はあっさり肯定し、瑠璃を見つめて言った。

「でも俺のほうには、一切そんな感情はない。昔も今も愛菜を女として見ていないし、これから先もそうなることはないっていう確信がある。何よりあんな我が儘なタイプは、好みじゃないんだ。俺が好きなのは、瑠璃ちゃんだから」

きっぱりとした口調に、瑠璃の中に泣きたいほどの安堵がこみ上げる。うつむいた様子をどう思ったのか、尊が続けて言った。

「でも昨日の様子をいきなり見たら、誰だって変な誤解すると思う。……本当にごめん」

「謝らなくていいよ。むしろわたしのほうが、尊に謝らなきゃいけないんだもの」

瑠璃は足元を見つめ、深呼吸する。今こそ自分の気持ちを、きちんと尊に伝えるべきだと思った。

「あのね、尊。わたし――」

そのとき一台の車が走ってきて、少し離れたところに停まる。運転席から急いだ様子で降りてきたのは、嶋村だった。

「オーナー……」

昨日のでき事を思い出し、瑠璃は一瞬どんな顔をしていいか迷う。大股でこちらに近づいて来た嶋村は、目の前で勢いよく頭を下げた。

「向原、ごめん。昨日のことは謝る。いくら自分のプライベートがゴタゴタしてるとはいえ、お前の気持ちを傷つけるようなひどい言い方をしてしまった」

嶋村の態度からは真摯な反省が感じられ、瑠璃は彼のつむじをじっと見下ろす。何と答えようか考えていると、横から尊の声が割り込んできた。

「瑠璃ちゃんの気持ちを傷つけるって、どういうこと？」

尊は眉をひそめて嶋村を見ている。彼は瑠璃の好きな相手が嶋村だと知っているため、どうにも聞き捨てならなかったらしい。

「あ、あの……」

瑠璃が言いよどんでいると、嶋村はそのとき初めて尊の存在に気づいた様子で問いかけてきた。

「向原、こちらは？」

嶋村はラヴィラントホテルでフロント業務に就く尊に会ったことがあるが、仕事中と私服のギャップがあるため、彼が誰かわからなかったらしい。

瑠璃は嶋村に答えた。

「彼はラヴィラントホテルのフロントクラークの、宇佐見さんです。オーナーも面識があるはずなんですけど……あの、実はわたしと彼は、幼稚園の頃からの幼馴染で」

「へえ、そうか」

驚いた顔の嶋村に、尊が言う。

「お話し中に割り込んで申し訳ありません。失礼ですが、嶋村さんは一体何を言って彼女を傷つけたんですか？」

「ちょっ……尊っ」

瑠璃は急いで制止しようとしたものの、嶋村は表情を改めて尊に向き直る。そしてごまかさずに答えた。

「昨日、プライベートでゴタゴタしていて、ストレスが溜まっていた。……そして八つ当たりのような感覚で、向原に不倫の誘いをかけた」

「……不倫？」

尊はピクリと眉を動かし、眦《まなじり》をきつくして嶋村を見た。

「それが本当なら、あなたの発言は重大なセクハラだ。二人しかスタッフがいない会社なら、彼女の逃げ場がない上、庇ってくれる人間もいないってことじゃないですか。何より彼女はそんな安い女じゃないし、気分次第で侮辱していい存在じゃない」

「た、尊、やめて……」

尊の強い口調に瑠璃は動揺し、慌てて彼の腕をつかむ。しかし尊は嶋村に向かって言葉を続けた。

「それとも雇い主だから、何をしてもいいとでも？　彼女が今までしてきた仕事は、この画廊にとってそんなにも軽いものですか」

尊の言葉に痛みを感じたように、嶋村が顔を歪める。そして押し殺した声で言った。

「……君の言うとおりだ。俺の態度はひどく傲慢で、これまでの向原の貢献を無にするものだったと思う」

彼は瑠璃に向き直ると、再度深く頭を下げてきた。

「――申し訳なかった。これまで仕事の面で一生懸命支えてくれた向原に、俺は甘えすぎていた。お前にならら何を言っても受け入れてもらえるって、勝手に思い込んでいたんだ。……ひどい言い方をして、本当にすまない」

瑠璃はじっと目の前の嶋村を見つめる。

昨日彼からぶつけられた言葉、そしてそれを聞いたときに感じたショックは、まだ生々しく胸の中に残っていた。しかし今日の嶋村は、一貫して真摯に謝ってくれている。その表情や態度に嘘は感じられず、ひたすら瑠璃に許しを請う気配が伝わってきた。

瑠璃は静かに口を開いた。

「昨日のオーナーの言葉を聞いたとき……わたしはショックでした。ああいった話を安易に持ちかけてくるってことは、これまでの自分の仕事がまったく評価されていないんだと感じて」

「……そう取られても、仕方のない発言だったと思う」

嶋村が苦渋に満ちた声で答え、目を伏せる。何かを覚悟しているらしい彼に向かって、瑠璃は言葉を続けた。

「でもあれは、精神的に不安定だったオーナーが勢いでした発言であることも理解しています。それを本気で受け取ってはいないですし、今回の件で仕事を辞めるつもりはありません。……これからも、今までどおり支えていきたいと思っています」

瑠璃の言葉が心底意外だったのか、嶋村が驚きの表情で顔を上げる。彼は信じられない様子で問いかけてきた。

「い、いいのか？　てっきり俺は、『もう辞める』って言われると覚悟して——」

「それもまったく、考えなかったわけではないです。傷ついたのは本当ですしね。でもわたし、この仕事が好きなんです。忙しくてたまに身体がつらいときもありますけど、優れた作家さんの作品を世に送り出していくこの画廊の仕事を、心から誇りに思っています」

嶋村がその顔に、安堵の色を浮かべる。それを見つめながら、瑠璃は「ただし」と付け加えた。

「オーナーは今後、仕事とプライベートの線引きをきっちりすること。そしてわたしに対して、二度とあんな発言をしないと誓ってください。それが仕事を辞めない条件です」

瑠璃のきっぱりした言葉に、嶋村が居住まいを正す。そして改まった様子で言った。

「もちろんだ。今後はプライベートを職場に持ち込まないようにするし、お前を侮辱するような発言は二度としない。この画廊は、アシスタントのお前がいてくれてこそ成り立ってるんだ。昨日、向原が辞めてしまうかもしれないと考えたとき、改めてどれだけ会社に貢献してくれていたかを思い知った」

嶋村の言葉を、瑠璃は複雑な思いで受け止める。

しばらくは今回の件が尾を引くかもしれないが、彼に言ったとおり瑠璃はギャラリーアシスタントの仕事にやりがいを感じている。いつか嶋村とのわだかまりが消え、オーナーとアシスタントとして、自然で良好な関係を築きたい。心からそう思った。

事の成り行きを黙って見守っていた尊が、口を開いた。

「嶋村さん、先ほどは申し訳ありませんでした。部外者なのに余計な口出しをしてしまい、反省しています」

「ああ、いいんだ。怒られて当然のことをしたんだから、気にしてないよ」

尊が頭を下げたのを見て、苦笑いした嶋村がそう答える。彼は改めて瑠璃と尊を見比べ、「ふうん」という表情をした。そして何かを悟ったのか、瑠璃に向かって声をかける。

「お詫《わ》びにと言っちゃ何だが、向原、お前今日は仕事を休みにしていいぞ」

「えっ？」

「俺のせいで気分を害したんだ、特別休暇だよ。それに心配してくれる『幼馴染』と、積もる話でもあるんじゃないのか？」

「で、でも……」

そんなことをしたら、会社の業務が滞るのではないか。そう思ったが、隣で聞いていた尊がニッコリ笑う。

「お気遣いありがとうございます。よかったね、瑠璃ちゃん。行こう」

「えっ？」

「『積もる話』をしようって言ってるんだよ。それでは嶋村さん、失礼します」

戸惑う瑠璃の手を引き、尊が自分の車の鍵を開ける。助手席に瑠璃の身体を押し込んだ彼は、運転席に乗り込んでシートベルトを締め、車を発進させた。

瑠璃は慌てて運転席の尊を見た。

「ちょっ……尊、一体どういうつもり？」

「どういうも何も、俺との話はまだ終わってないだろ。せっかく嶋村さんが休みをくれたんだから、好都合だ」

画廊から車で少し走り、尊は大きな公園の脇で車を停める。ハザードランプを点灯させた彼は、こちらに向き直り、瑠璃に謝ってきた。

「さっきは出過ぎた真似をしてごめん。嶋村さんが瑠璃ちゃんに対して不倫の誘いをかけたって聞いた途端、ものすごく怒りがこみ上げて、つい二人の話に首を突っ込んでた」

「あ、あれは……」

瑠璃は少し考えて答えた。

「……いいの。尊がわたしのために怒ってくれたんだって、わかってるから」

先ほどの瑠璃は、尊があんなにも怒りをあらわにしたことに驚いていた。昔から彼は温厚で、声を荒げたりするところを見たことがない。

尊はじっと瑠璃を見つめて言った。

「どういう経緯でそんな話になったのかは、嶋村さんのプライバシーもあるだろうから聞かないけど。ひょっとして瑠璃ちゃん、あの人に誘われてうれしかった？」

「えっ？　ううん、全然」

瑠璃は急いで首を横に振り、否定した。

「オーナーに誘われたときは、うれしいっていう気持ちはまったくなくて……ただ惨めだった。こっちの気持ちに気づいていながら、それをどう思ってたんだろうとか、その上で何気ないスキンシップが多かったのはわざとだったのかなとか、すっごくモヤモヤして。でも今思うと、あの人は一時の衝動で、これまでわたしと築き上げてきた関係を簡単にふいにできるんだっていう事実が……一番ショックだったのかも。それくらい、わたしは一生懸命仕事をしてきたつもりだし、オーナーもわかってくれてると思ってたから」

瑠璃の言葉を聞いた尊が、「スキンシップ……」とつぶやく。瑠璃はそれに気づかず、心の中で自分を奮い立たせた。

（……ちゃんと、言わなきゃ）

今こそ自分の気持ちを、尊に伝えるべきだ。そう考え、瑠璃は顔を上げると、彼を見つめて口を開いた。

「あのね、尊。わたし、本当はオーナーのことより、知らない子と親密そうな尊を見たときのほうが……ずっとダメージが大きかったの。今まではわたし、尊に対する自分の気持ちがよくわからなかった。好きって言われるのはうれしいけど、昔からの姉弟みたいな感情が強くて、誘われればつい会っちゃうのも謝られるとすぐ許すのも、全部尊を弟みたいに思ってるからだって——そう考えてた」

「弟」という言葉を聞いた尊が、眉をひそめて何かを言いかける。

「瑠璃ちゃん、あのさ……」

「ごめん、黙って聞いて。そう思ってたけど、昨日他の子と一緒にいる尊を見たら、違うってわかったの。尊に抱きつかれているのがすごく嫌だったし、親しそうに見えるのにもモヤッとした。それで思った……尊に対する自分の気持ちは、姉弟なんかじゃない。恋愛感情なんだって」

尊が意外そうに目を瞠る。瑠璃は自分の頬がどんどん熱くなっていくのを感じながら、言葉を続けた。

「でも気づくのが遅いって言われたら、それまでだよね。昨日はあの子が妹だなんて知らなかったから、もしかすると尊がもうわたしに見切りをつけて、他の子と親しくしてるのかもしれないって考えてた。もしそうなら、わたしには止める権利がない。わたしと尊はまだちゃんとした恋愛関係じゃなかったんだから、今さらもう遅いのかもって思って……それで」

「——ありえないよ」

瑠璃の言葉を遮り、尊が強い口調で断言した。

「瑠璃ちゃんとあんなふうに会っておきながら、他にもいい顔するなんてありえない。そもそも誤解があるようだけど、俺は今も昔も、誰彼構わずっていう考えの持ち主じゃないんだ。瑠璃ちゃんは俺が遊び慣れてるって勘違いして、初体験の相手に選んだみたいだけど」

「えっ……違ったの？」

「違うよ。不特定多数の人間とその場しのぎの関係なんて持ったことないし、つきあっているときは、その相手をできるかぎり大事にしてきたつもり。……まあ、高校時代は見た目がチャラかったから、そう思われても仕方ないけどさ」

尊が苦笑いし、瑠璃を見る。彼は「で？」と水を向けてきた。

「えっ？」

「まだ瑠璃ちゃんの気持ちを、はっきり聞いてない。結局俺のことはどう思ってるの？」

瑠璃は一瞬言葉に詰まる。しかし勇気を出し、頭に血が上るのを感じながら、ぎくしゃくと答えた。

「あの……す、好き、です」

瑠璃の答えを聞いた尊が、はあっと深く息を吐く。思いがけない反応にビクッとする瑠璃の目の前で、彼はハンドルを両手でつかんで顔を伏せた。

「……よかった。もし愛菜の件で瑠璃ちゃんが聞く耳を持ってくれなくて、『もう会わない』なんて言われたら、どうしようかと思ってた」

「それは……わたしが勝手に勘違いしてたから」

「それでもだよ。他にも、『やっぱり嶋村さんが好きだから、もう会わない』って振られるパターンも想定してた。しかもこのタイミングであの人に誘われたなんて聞いたら、とてもじゃないけど冷静ではいられなくて……。でも二人の話に割り込むのは駄目だったって、反省してる」

尊は瑠璃をじっと見つめてくる。そしてうれしそうに笑った。

「でもこれからは、ちゃんとした彼氏彼女って考えていいってことだよね？」

「う、うん……」

頷《うなず》いた途端、うれしさと気恥ずかしさがいっぺんにこみ上げてきて、瑠璃の顔は真っ赤になる。熱くなった頬を押さえていると、それを見た尊が笑って言った。

「瑠璃ちゃんはそういうところが昔のまんまで、本当に可愛い」

「……そうやってすぐにからかうの、やめて」

「別にからかってないよ。本心なのに」

言いながら尊が車のエンジンをかけ、瑠璃は不思議に思って問いかける。

「どこに行くの？」

「ん？　俺ん家」

「尊の家って、何をしに……」

車を発進させながら、尊がチラリとこちらを見る。彼は悪戯っぽく笑って答えた。

「そりゃ、想いを確かめ合った男女がすることって、ひとつでしょ？」

二十分ほど走り、尊が運転する車は、彼の自宅の駐車場に乗り入れた。一週間前にも訪れた部屋は、以前より若干片づいている。

「何か飲む？」

部屋に入るなりそう問いかけられ、瑠璃はリビングの戸口に立ち尽くしたままぎこちなく答えた。

「あの、どうぞお構いなく」

「何でそんなに緊張してるの？　初めて来たわけじゃあるまいし」

「そ、それは……」

それはここに来る前、情事の気配を匂わせられたからだ。

しかし口に出すのも恥ずかしく、瑠璃は押し黙る。尊が笑って言った。

「瑠璃ちゃん、こっちに来て」

「えっ……」

「早く」

急かされておずおず近寄ると、突然腕を引いて胸に強く抱きしめられる。息をのむ瑠璃の頭上で、尊の声がした。

「さっきから抱きしめたくて、うずうずしてた。それでなくてもこの一週間、顔を見れなかったし」

「……っ」

尊の体温、身体の硬さ、その匂いに、瑠璃の心がじんとする。幼い頃から知っている彼は、出会ってから二十四年の時を経て、こうして瑠璃をすっぽり抱え込めるほど大人になった。そんな尊と恋人同士になれたのだと思うと、少し不思議な気持ちになる。

瑠璃の肩をつかんで一旦身体を離し、尊が言った。

「愛菜のことだけど、今後瑠璃ちゃんには一切関わりを持たせないようにするから、安心して。ここの合鍵は取り上げてあるし、あいつが何をしてきても俺の気持ちは絶対に揺らがない。……信じてほしい」

「……うん」

「瑠璃ちゃんが俺を好きになってくれたの、正直まだ実感がないや。『弟』っていう言葉を聞いたときは、冗談じゃないって思ったしね」

「あれは、その……今はそんなふうには思ってないよ」

瑠璃のモソモソとした言い訳に、彼は破顔する。

「うん。でも瑠璃ちゃんとの過去を、否定するつもりはまったくない。昔の俺はそれこそ瑠璃ちゃんのことを姉さんみたいに思ってて、今と形は違うけど大好きだった。あの頃の記憶があるかぎり、俺が瑠璃ちゃんを嫌いになることは絶対にないよ。好きな気持ちとか信頼みたいなものが、俺の中で揺らがないくらいに深く根付いてるから」

瑠璃はびっくりして尊を見上げ、つぶやいた。

「わたしも……同じこと思ってた。昔の尊が記憶の中にあって、どうしたって嫌いになれないって」

「うん。でもこれからは恋人同士だし、もう弟扱いはしないでくれるとうれしい」

「き、気をつけます……」

髪に甘くキスを落とされ、瑠璃はドキリとする。瞼《まぶた》まで下がった尊の唇が頬に触れてきて、彼がささやいた。

「——好きだ」

「……っ」

真摯な声の響きに、瑠璃の胸が泣きそうに震えた。以前は言われるたびに戸惑いをおぼえていた言葉が、今はこんなにもうれしい。

小さく「わたしも……」と返すと尊が笑い、唇を塞いできた。

「ん……っ」

触れ合うのが久しぶりに思え、胸の鼓動が高鳴る。たった一週間しか離れていないのに慕わしさがこみ上げて、瑠璃は自分から尊の唇を舐《な》めた。彼の舌が口腔《こうこう》に押し入ってきて、すぐに瑠璃は何も考えられなくなる。

「……っ、んっ、は……」

ぬめる感触を絡ませ、混ざり合った唾液を飲み下す。さんざん貪られて瑠璃の息が上がる頃、ようやく唇を離した尊が、吐息の触れる距離で誘いをかけてきた。

「……寝室に行く？」

「まだ午前だ」とか、「部屋が明るい」という考えが一瞬頭の隅をかすめたものの、拒否できない。尊に触れたい想いが溢《あふ》れそうになり、瑠璃は深呼吸した。そして彼の目を見て、高鳴る鼓動を意識しながら、ささやき声で答える。

「……うん、行きたい」

＊　　＊　　＊

午前九時半の室内は、当然明るい。外が快晴なら、なおさらだ。

寝室に入った尊は、窓のカーテンを閉めた。それでもまだ明るいが、閉めないよりはだいぶましだろう。

（……瑠璃ちゃんと初めてヤったときもそうだったな）

あのときも明るい室内を恥ずかしがる彼女のために、カーテンを閉めた。そんなことを思い出しながら振り返ると、瑠璃が立ったままパイプベッドのヘッド部分をじっと見つめている。

先週のでき事がすぐ頭の中によみがえった尊は、きまり悪く言った。

「あー、その……先週みたいなことをするつもりは、もうないから。縛ったりはもちろん、瑠璃ちゃんの身体を傷つけるような行為は」

「……尊がしたいなら、いいよ。別にああいうのが好きなわけじゃないけど」

瑠璃がさらりと爆弾発言をしてきて、尊は思わず口をつぐむ。そして苦笑して言った。

「瑠璃ちゃん、そういうことはあんまり言わないほうがいいよ」

「えっ、何で？」

「せっかく俺が反省してるのに、調子に乗らせるような発言は駄目だってば。縛るどころか、もしオモチャを使いたいとか言い出したらどうするの」

尊の発言に瑠璃がじんわりと顔を赤らめ、「それは……」と口ごもる。尊は腕を伸ばし、彼女の髪を撫《な》でて言った。

「瑠璃ちゃんがそうやって何でも許してくれるのはうれしいけど、無理しなくていい。痛がらせたり怖がらせたい気持ちはまったくなくて、優しくしたいんだ」

とはいえ、縛ったときの倒錯的な光景にほんの少しだけ興奮したのは、瑠璃には内緒だ。

尊の言葉を聞いた瑠璃がこちらを物言いたげに見つめてきて、尊は「何？」と問いかける。彼女が答えた。

「尊がしたいなら……どんなのでもいいよ。だって本当の意味でわたしを傷つけるような真似は、絶対しないよね？　いつもすごく気遣ってくれてるの、よくわかってるし」

意表を衝かれ、尊は束の間言葉を失う。そして顔をしかめると、「ああ、もう」と唸《うな》った。驚いた顔の瑠璃の身体を強く抱き寄せ、ベッドに押し倒す。

「あ……っ」

「そうやって煽《あお》るの、本当にやめてよ。せっかくの決意が揺らぎそうになる」

「だから、いいって……」

「——もう黙って」

まだ何か言いかける口を、尊はキスで塞ぐ。瑠璃がくぐもった声を漏らしたあと、尊の首に腕を回してきた。舐め返してきた小さな舌を、尊はくまなくなぞって吸い上げる。瑠璃が目を潤ませ、唇を離して「尊……」とささやいた。

「何？」

「…………」

「……好き」

「大好き……んっ」

貪る勢いのキスに、瑠璃が声を詰まらせる。

今彼女が恋人として自分の腕の中にいることが、尊は信じられなかった。だが尊は、先ほど瑠璃が漏らした何気ない一言がひっかかっている。

（……スキンシップって、一体何だよ）

瑠璃の話によると、嶋村は以前から彼女の気持ちに気づいており、その上で何気ないスキンシップが頻繁にあったのだという。それを聞いた瞬間、尊は内心ひどく不快になった。

（要するにあの男は、瑠璃ちゃんに想われるのが嫌じゃなかったってことだろ。「お前に

なら、何を言っても受け入れてもらえるって思ってた」って言ってたし）

瑠璃は仕事を辞めない条件として、嶋村に対し、「仕事とプライベートの線引きをきっちりするように」と釘《くぎ》を刺していた。その後彼女は「嶋村ではなく、尊が好きだ」と言ってくれたものの、尊の中にはチリチリとした焦りのようなものがある。

（俺、今までつきあった相手をこんなにも独占したいって思ったことないんだけどな……）

「ぁ……っ」

耳朶に舌を這《は》わせながら胸のふくらみを握り込むと、瑠璃が小さく声を漏らす。

今日の瑠璃はシンプルなパンツスーツの上下に、鎖骨がきれいに見えるラウンドネックのカットソーを合わせた、夏らしい通勤スタイルだ。きちんとした姿を乱していくことに興奮をおぼえつつ、尊は彼女に問いかける。

「脱がせていい？」

明るさが気になるのか、瑠璃が躊躇《ためら》いがちに頷く。

スーツのジャケットを脱がせ、カットソーも頭から抜いて床に放ると、繊細なデザインの下着があらわになった。尊は笑って言った。

「瑠璃ちゃんっていつも色は控えめだけど、すっごく女らしい下着着けてるよね」

「えっ……そ、そう？」

「うん。服装はきっちりしてるのにそういうところは手を抜いてなくて、色っぽくて可愛い」

「あ……っ」

胸の谷間にキスを落とした途端、瑠璃の肌がビクリと震えた。そのままブラのカップをずらし、尊はこぼれ出た色の淡い頂に舌を這わせる。

繰り返し舐めるうち、敏感なそこは芯を持って尖《とが》った。瑠璃の顔を見つめながら軽く吸い上げると、彼女がじわりと頬を染める。

「……っ……は、っ……」

ふくらみを揉みつつ舌を這わせ、尖りを吸う。明るい室内が余計に淫靡《いんび》な雰囲気を掻き立て、瑠璃がモゾリと膝を動かした。

「た、尊……」

「何？」

「そこばっかり……ぁっ……」

「ああ、他のところも触ってほしい？」

思わせぶりに太ももを撫で上げ、尊は瑠璃の下着に触れる。布越しでも既にじんわりと熱くなっているのが感じられ、尊はクロッチの横から下着の中に指を入れた。

「んんっ……」

「もう濡《ぬ》れてる……音聞こえる？　ほら」

「あっ、ゃ……っ」

溢《あふ》れているぬめりを塗り広げると、かすかな水音が立つ。尊はそのまま蜜口から、瑠璃の体内に指をもぐり込ませた。途端に熱を持った内襞《ひだ》がうねるように絡みつき、きつく締めつけてくる。奥まで指を押し進めながら、尊は瑠璃の唇を塞いだ。

「うっ、ん……っ」

指を抜き差しするたびに動きがなめらかになり、ぬるぬるとした襞の感触に煽られる。唇の表面を軽く吸うだけの口づけを何度か繰り返し、尊は瑠璃の口腔に舌をねじ込んだ。くぐもった声を漏らした彼女が腕を上げ、尊の服に手を掛けてくる。

瑠璃がポロシャツを脱がせようとしてきて、尊はキスを中断した。尊の上衣を頭から抜き去り、それを床に落とした彼女が、手のひらでこちらの胸に触れてくる。尊は瑠璃の手を握って言った。

「……触ってくれる？」

瑠璃が頷き、パンツのウエストに手を掛けた。ジッパーを下ろし、下着の中から既に兆したものを取り出した彼女が、遠慮がちに申し出る。

「えっと……あの、口でしようか？」

「えっ？」

「わたしは全然、嫌じゃないんだけど……」

尊の中に、うれしさと「あの初心だった瑠璃が、こんなことをするようになったのか」という、妙な感慨が湧く。

離れていた十一年という歳月の長さを感じながら「いいの？」と聞くと、瑠璃は頷いて身体を起こした。

「……ん、っ……」

ベッドの上に座った尊の脚の間に顔を伏せ、瑠璃が舌先で屹立《きつりつ》に触れる。片側の髪を耳に掛けるしぐさが色っぽく、下着姿がひどく煽情《せんじょう》的だった。

先端を軽く舐めた彼女は幹を握り、根元から舌を這わせてくる。裏筋を辿《たど》り、くびれの部分や鈴口をチロチロとされると、くすぐったさと快感が入り混じった感覚に尊の息が乱れた。

「……っ、は……」

温かい口腔に包まれ、強く吸いつかれる。舌で表面をなぞったり、含み切れない部分を手でしごいたりと、意外にも瑠璃は口での行為に長けていた。丁寧なしぐさに愛情を感じつつ、尊は内心複雑になる。

（十一年のあいだに瑠璃ちゃんがつきあった男に妬くなんて、俺って案外心が狭いのかもな……）

そうこうするうちに射精感が強まって、尊は瑠璃の頭に触れる。そして息を吐きながら「もういいよ」と告げた。

瑠璃は少し拍子抜けした様子で答えた。

「出してくれてもいいんだけど……」

「ん？　充分だよ。とりあえず今は、瑠璃ちゃんに触りたい」

「あっ！」

ベッドの上に瑠璃の身体を押し倒し、尊はその上に覆い被さる。首筋にキスをすると、彼女はビクリと身を震わせた。尊は瑠璃の背中に腕を回し、ブラのホックをはずして取り去りながらささやく。

「瑠璃ちゃんの身体、ほんとにきれいだ。細いのに柔らかくて、いい匂いで、ずっと触っていたくなる」

「は……っ」

尊は瑠璃の身体を抱き込み、首から鎖骨、胸のふくらみなど、身体のあちこちにキスを落とす。瑠璃が尊の髪を搔き乱し、吐息交じりの声で言った。

「尊……も、早く……っ、ぁっ」

「そう？　口でしてもらったお返しに、これから時間をかけて瑠璃ちゃんにあれこれしようと思ってたのに」

尊の言葉を聞いた瑠璃が、目元を染めて首を横に振る。それを見た尊は、小さく噴き出した。

「なんてね、冗談だよ。さっきからとっくに我慢の限界」

瑠璃の唇に触れるだけのキスをし、尊は身体を起こす。そしてベッドサイドの棚から避妊具を取り出すと、自身に装着した。

再び瑠璃の上に覆い被さった尊は、彼女の頬を撫でる。乱れ掛かる髪を払ってやり、その顔を見つめて、想いを込めてささやいた。

「――好きだよ、瑠璃ちゃん」

「……っ」

「これからうんと大事にする。俺のことを弟なんて思えないくらい、頼れる男になるつもりでいるから」

「……うん」

瑠璃がじわりと頬を染めるのを見て、「可愛いな」と思う。もっと恥ずかしがる姿が見たいという気持ちがこみ上げ、尊は彼女に提案した。

「今日は瑠璃ちゃんが上に乗ってくれる？」

「えっ？」

「嫌なら無理にとは言わないけど」

部屋が明るいせいか、瑠璃は一瞬躊躇う様子を見せる。しかし結局彼女は、「……嫌じゃないよ」と答えた。

瑠璃が尊の上に跨《またが》る形で身体を起こし、下着を取り去って少し腰を浮かせる。

「ん……」

充実した屹立を蜜口にあてがい、瑠璃がゆっくりと腰を下ろしてくる。先端が熱い粘膜に包み込まれ、尊は快感をこらえてぐっと奥歯を噛《か》んだ。

「うっ……んっ、あ……っ」

瑠璃がじりじりと腰を落とし、狭い内部が尊を締めつけてくる。羞恥に目を潤ませながらも、素直に言いなりになる姿がたまらなく淫らだった。

やがて腰を密着させ、すべて収めた彼女が、熱っぽい息を吐く。

「はぁっ……」

(あー、ヤバい……きつい)

一分の隙もないほど密着する襞、そして熱いくらいの瑠璃の体温にゾクゾクとした快感がこみ上げ、尊は押し殺した声で彼女に問いかけた。

「……どんな感じ?」

「んっ、おっきい……ぁっ」

ときおり蠢《うごめ》く内襞の感覚が強烈で、尊は思わず深く突き上げる。その瞬間、瑠璃が「あっ!」と高い声を上げた。何度か繰り返すうちに最奥から愛液がにじみ出し、内部のぬめりが増した。

「はっ……ぁっ、待っ……」

「瑠璃ちゃんが気持ちいいところ、どこ?」

「ぁ……っ、んっ、奥……っ」

「そこで動かしてみて」

尊に言われたとおり、瑠璃がゆるゆると腰を揺らす。

クーラーがなく、窓を閉め切った室内は、外の気温の上昇に伴ってひどく蒸し暑くなっていた。尊の身体にも汗がにじみ出してきたものの、扇風機を点ける余裕がない。瑠璃の甘ったるい喘《あえ》ぎと尊のかすかな息遣い、そしてベッドが軋《きし》む音が響く室内で、淫靡な雰囲気がどんどん高まっていく。

(暑い……けど、すげーいい眺め)

瑠璃が動くときれいな胸も同時に揺れて、尊は下からその眺めを愉しむ。接合部はもうぬるぬるになっていて、彼女が感じている愉悦をつぶさに伝えてきた。腰を動かすたびに隘路《あいろ》がビクビクと蠢き、蠕動《ぜんどう》する襞が尊に得も言われぬ快感を与えてくる。

瑠璃が上気した顔で見下ろし、小さく声を上げた。

「あっ、あっ、尊……」

「何?」

「も、達《い》っちゃう……ぁっ」

尊は笑い、彼女の指に自分のそれを絡めて答えた。

「……気持ちいいのって、ここ?」

反応するところを狙いすまして下から突き上げると、瑠璃がビクリと身体を震わせた。

「んんっ……!」

「瑠璃ちゃんの中、俺のをぎゅうぎゅうに締めつけてる。……奥まで全部挿れられるの、気持ちいい?」

「はぁっ……ぁ、気持ちい……」

快楽に目を潤ませながら素直に答えるその様子に、庇護欲《ひごよく》をそそられる。尊は瑠璃の腕を引き、自分の上に折り重なるように身体を倒させて、彼女の耳元でささやいた。

「いいよ、ほら――達って」

「あっ、ぁ……っ！」

小ぶりな尻をつかみ、下から思うさま深く突き上げる。

何度か繰り返すと内襞が強くわななき、搾り上げるような動きをして、瑠璃が達したのがわかった。その瞬間、ぐっと顔を歪めた尊は一気に体勢を変え、ベッドに彼女の身体を押し倒す。そして絶頂の余韻が冷めやらない瑠璃の膝をつかみ、強い律動を送り込んだ。

「っ……や、待っ……！」

「待てないよ。俺ももう、達きそう」

達したばかりの内部を穿《うが》たれ、瑠璃が切羽詰まった声を上げる。熱くぬかるんだ中が眩暈《めまい》がするほどの快感をもたらし、尊は息を乱した。

やがてさんざん瑠璃を喘がせたあと、深く突き入れた最奥で精を吐き出す。

「……っ」

「うっ、あ……っ」

ビクッと奥が震え、瑠璃が再び達したようだった。ぐったりとした彼女を見下ろし、尊は荒い息をつきながらその頬を撫でる。

緩慢なしぐさで気だるい視線を向けてきた瑠璃に、悪戯っぽくささやいた。

「せっかくの休みだし、今日はこのまま一日中ヤってようか」

「……っ……もう無理……」

「少なくとも俺のほうは、全然余裕だけど。普段はほら、あんまり時間がなくて何回もできないし」

尊の提案に瑠璃は頬を膨らませ、小さく「……馬鹿」とつぶやく。それを見つめた尊は、思わず噴き出した。

(ああ、……ほんっと可愛いな)

ひとつ年上の彼女は照れ屋で真面目で、そのくせベッドでは淫らで可愛い。

ようやく瑠璃が自分の手の内に落ちてきた幸せを噛みしめ、尊は彼女の汗ばんだ身体を抱きしめる。

そしていとしい体温を感じながら「好きだよ」とささやき、想いを込めてキスをした。

エピローグ

降り注ぐ日差しは盛夏にふさわしく強いものとなり、連日暑い日が続いている。

七月の下旬、瑠璃は混み合う幹線道路を街中から少しはずれた駅まで運転し、目当ての人物を見つけて緩やかに車を減速させた。

「お疲れさまです」

「おう、悪いな、迎えに来てもらって。いやー、しかし暑いわ。今日の予想最高気温、三十度だっけ？」

「お昼にはもう三十一度を超えたって、さっきラジオで言ってましたよ」

「マジか。どおりで暑いはずだ」

助手席に乗り込み、シャツの胸元をバタバタと扇いでいる嶋村は、午前中知り合いのギャラリーの個展に顔を出していた。このあとは百貨店の催事の打ち合わせがあるため、同行する瑠璃が車で迎えにきた次第だ。

嶋村のために冷房の温度を二度ほど下げつつチラリと時刻を確認すると、打ち合わせの時間があと三十分後に迫っている。瑠璃が「十五分で行けるかな」と考えている横で、嶋村が取り出した企画書を眺めながら言った。

「今回の催事、うちの企画一本でいきたいけど、どうなるだろうな」

「井上《いのうえ》さんはまだ若いですし、知名度からいうと、ひょっとしたら他の陶芸作家との合同を提案されるかもしれないですよね」

「うん。どうにかして、彼女ひとりの名前がついた展覧会にしてやりたい。ま、要は俺の営業力の見せどころってことか」

半月ほど前、瑠璃と嶋村は彼の妻の不貞に絡んでゴタゴタしたものの、今は何事もない顔で接している。

瑠璃と約束したとおり、嶋村はあのでき事以降、プライベートを画廊に持ち込むことはなくなった。あえて聞いていないので詳しいことはわからないが、ときおり電話の内容を小耳に挟んだところによると、彼と妻の麻衣はまだ離婚が成立していないらしい。

どうやら娘の親権を取るために必要な育児実績を作るため、嶋村は自分の両親の力を借りながら、花の幼稚園の送り迎えや日々の育児を一生懸命こなしているようだ。

仕事の面では前以上に精力的に取り組むようになり、瑠璃はそんな彼を頼もしく思っていた。恋心はもう抱いていないが、今の嶋村はかつて瑠璃が憧れたギャラリストとしての輝きを、すっかり取り戻している。

「ところで来月のお盆、五日間の休みにしようと思ってるんだけど、どうかな」

「わたしは、別に……いただければありがたいですけど」

「あ、でも例の彼氏はサービス業だもんな。お盆とか関係ないか」

「……まあ、そうですね」

ニヤニヤしながらそう話題に出され、瑠璃はばつの悪さをおぼえる。

尊との交際は、順調だ。相変わらず互いの仕事が忙しく、会う頻度が上がったわけではないものの、仲良くやっている。

瑠璃はこのあいだ尊を伴って久しぶりに実家に顔を出し、母親に「仕事で偶然再会したのをきっかけに、彼とつきあうことになった」と報告した。母親は驚きに目を丸くしたあと、大喜びした。

『んまあー、あんたと尊くんがつきあうなんて！　だからこのあいだ急に、宇佐見さん家のことを聞いてきたのね？　でもいいと思うわ、顔良し性格良し、しかもホテルマンなんて最高じゃないの』

母親は昔から尊をよく知っており、思春期の頃は「尊くん、昔は女の子みたいだったのに、ほんとイケメンになったわよね。眼福だわー」と語っていたくらいに彼を気に入っている。

彼女は「おばさんはまったく変わってないですね、いつ見ても若々しくて」という尊の社交辞令にすっかり気を良くし、ニコニコして言った。

『もう二人とも、相手の性格なんてよくわかってるでしょ？　お互いいい歳なんだし、さっさと結婚しちゃったらどうなのよ』

『ちょっ、何言ってるの、お母さん……！』

無責任な発言をする母親をたしなめ、瑠璃はその後、尊と共に二軒隣にある彼の家に向かった。

妹の愛菜が不在なのは、事前に確認済みだ。久しぶりに顔を合わせた尊の父親は瑠璃を懐かしみ、「つきあうことになった」という報告を聞いて喜んでいた。初めて会う尊の義理の母親は、愛菜と顔立ちがよく似たきれいな女性で、尊と瑠璃に謝ってきた。

『愛菜のこと、本当にごめんなさいね。以前尊くんの恋愛を引っ掻《か》き回したって聞いたときも、きつく叱ったんだけど。大学生にもなると、行動のすべてに目を光らせるのは難しくて』

瑠璃と正式につきあうことになったのを尊から電話で直接聞いた愛菜は、対抗心もあらわに「私は絶対認めないから！」と叫んでいたという。そんな彼女に、尊は「今度俺のプライベートに首を突っ込んだら、お前とはきっぱり絶縁する」と警告したらしい。

電話の最中、たまたま近くにいた母親が「またあなたはそんなこと言って！」と愛菜を叱責したというが、彼女がまだ納得していない様子なのが一抹の不安要素だ。尊の警告が抑止力になればいいと願うものの、それは今後の出方を見るしかない。

『俺のことなんかさっさと諦めて、あいつは早くよその男に興味を向ければいいんだよな。思い込んだらしつこい性質だし、そうしたらこっちに見向きもしなくなると思うんだけど』

尊はそう言ってため息をつき、瑠璃を見つめて悪戯っぽく笑った。

『瑠璃ちゃんのおばさんもああ言ってたし、愛菜を黙らせる意味でも、もういっそ結婚しちゃう？』

数日前のそんなやり取りを思い出してぼんやりしていると、隣から嶋村の声が聞こえた。

「……原、向原？」

「えっ？　は、はい！」

「どうした、いきなりぼーっとして。具合でも悪いのか？」

「いえ……あの、何でもないです」

ちょうど信号が青に変わり、瑠璃は精一杯何食わぬ顔を作りつつ、ゆっくりアクセルを踏み込む。

母親が結婚を急かすのは、瑠璃の年齢からするとおかしくない。しかし尊が意外にも乗り気なのには驚いた。彼は会うたびに瑠璃に「好きだよ」「愛してる」と愛をささやき、下にも置かない溺愛ぶりを発揮している。

彼の自宅に泊まった日、瑠璃がコンタクトレンズをはずして眼鏡を掛けるのを見た尊は、「昔の瑠璃ちゃんみたいだ。可愛い」と言って笑っていた。

そんな些細《ささい》な言葉、しぐさのひとつひとつに、瑠璃は自分に対する彼の愛情を実感し、心の中に信頼や安堵《あんど》が蓄積されていくのを感じる。あんなにも熱烈な愛情表現をしてくる尊なのだから、「いっそ結婚しようか」という発言が嘘《うそ》だとは思わない。

しかし瑠璃は、もう少し恋人同士の甘い時間を楽しみたいと考えていた。

（十一年も回り道をしたんだから、もうちょっとだけ……ね）

その前に、今は目の前の仕事を片づけることに集中しなければならない。瑠璃は隣の嶋村を見て言った。

「オーナー、今回の催事、何としてもうちが取れるように頑張ってくださいね。井上さんの知名度アップのために」

「おう、任せとけ」

フロントガラス越しに降り注ぐギラギラとした強い夏の日差しに、目を細める。

瑠璃は右にウインカーを出し、緩やかにハンドルを切った。

【番外編】年下ホテルマンの、日々の懊悩《おうのう》

市の中心部にほど近いところにあるラヴィラントホテルは、恵まれた立地のおかげであまり閑散期というものがない。ハイシーズン以外でも市内には国内外の観光客が多く訪れるため、ホテルのゲストも国際色豊かだ。

午後の時間帯、尊は電話応対中だった後輩フロントクラークから相談を受けた。

「――クレーム？」

「はい。つい先ほどチェックインされた一三一八号室のお客さまなんですが、『部屋が煙草臭い』っておっしゃって」

尊はパソコンを操作し、該当の部屋のデータを見る。一三一八号室は禁煙ルームで、本来煙草の臭いがするはずがない。しかし前の利用者がこっそり喫煙した場合には、臭いが残っていることも考えられる。

（ハウスキーピングからの申し送りには、何も書いてないけど……）

電話の相手はかなりの剣幕でまくし立ててきたらしく、まだ経験の浅い後輩フロントクラークはひどく動揺していた。尊は彼女に言った。

「僕が直接お部屋に伺って対応するので、その旨をお客さまに伝えてください」

「宇佐見さん、でも」

「大丈夫。山田さんは、ここでフロント業務をお願いします」

フロントを出た尊は、エレベーターで十三階に上がる。そして目的の部屋に向かうと、中から出てきたのは中年の外国人夫婦だった。

「さっき電話で伝えたとおり、部屋が煙草臭いんだ。禁煙ルームのはずなのに、一体どうなってるんだ？」

五十代の男性に早口の英語でまくし立てられ、尊は答える。

「大変失礼いたしました。お客さまにご不快な思いをさせてしまいましたこと、心よりお詫《わ》びいたします。どの程度の臭いがするのか確認させていただきたいので、お部屋の中に入らせていただいてもよろしいでしょうか？」

低姿勢で謝り、室内に入って確認したものの、煙草の臭いはまったくしない。しかし客が「臭う」と言っている以上、対応するのがホテル側の正しい姿勢だ。

尊は夫妻に向かって言った。

「本日はお部屋の数に余裕がなく、ルームチェンジが難しい状況です。オゾン脱臭機、もしくは空気清浄機を使った消臭対応をさせていただきたいのですが、ご了承いただけますでしょうか」

しかし彼らは部屋のアップグレード、さらにはスパの招待券や宿泊料金のディスカウントなど、無茶な要求を次々としてきた。高圧的な態度を見た尊は、二人の目的が「わざとクレームをつけ、こちらからサービスを引き出すこと」であるのに気づく。

（……参ったな）

しばらく丁寧な説明を試みたものの相手が納得せず、結局上の人間と話してもらうことになり、尊はモヤモヤとした気持ちを味わった。「煙草の臭いがする」という彼らの主張を完全に否定することは難しく、最低でも部屋のアップグレードには対応せざるを得ないかもしれない。

（それが上の判断なら、俺には何も言えないけど。……やっぱりああいう客は腹立つな）

胸に渦巻く不満をぐっと抑え、フロントに戻った尊は、後輩の山田に事情を説明する。間を置かずに別の客から「スーツケースが開かない」という相談の電話が入り、すぐ該当の客室に向かった。

「失礼いたします。先ほどお電話をお受けした、フロントの宇佐見と申しますが」

中から顔を出したのは、若い女性客二人だ。彼女たちは困惑した様子で言った。

「すみません、スーツケースがロックされてて開かないんです。鍵穴があるんですけど鍵は見たことがないし、暗証番号もわからなくて、どうしたらいいか」

「もしかして、鍵屋さんとかを呼ばなきゃならないんでしょうか」

矢継ぎ早に話し出す二人に、尊は努めて穏やかに言葉を返す。

「スーツケースを拝見させていただいてもよろしいですか？」

見せてもらったスーツケースは、ＴＳＡロック式のものだった。尊は客に説明した。

「通常、鍵で開くタイプのスーツケースですと、購入時にオリジナルキーが付いてきます。こちらはそれとは違い、ダイヤル錠が付いているタイプのものですが、この場合は鍵穴があっても購入時に鍵は付属されておりません。ＴＳＡの保安要員が、マスターキーを使って解除するときのための鍵穴なんです」

「……はあ」

「ダイヤルの暗証番号は設定されましたか？」

「いえ。買ったときのまま、特に何も設定はしてないかと」

「そうですか。でしたら」

尊はダイヤルを０に揃《そろ》え、ロックの左側にあるボタンを右にスライドさせる。すぐにガチャリと鍵が開く音がし、女性たちが目を丸くした。

「えっ、嘘《うそ》、開いた？」

「暗証番号を設定されていないなら、ダイヤルは０のままでスライドボタンを動かせば、ロックは解除されます。スーツケースを購入したばかりで扱い慣れていない方々が陥りがちな、わりとよくある勘違いなんですよ」

二人は唖然《あぜん》として顔を見合わせたあと、慌てて「すみません！」と頭を下げてくる。尊は微笑んで答えた。

「お客さまのご要望にお応えするのがこちらの仕事ですので、どうぞお気になさらないでください。では、失礼いたします」

午後四時半に勤務が終わると、どっと疲れがこみ上げた。

（あー、疲れた……。今日は何だか、トラブル続きだったな）

朝からバタバタとして、落ち着かない一日だった。客商売であるホテルはクレームが珍しくなく、対応にも慣れている。だが今日はあまりにも高圧的な態度を取られた上、結局話がこじれて上の人間を呼ぶ事態となってしまい、鬱々《うつうつ》とした気持ちになっていた。

（……まあ、憂鬱《ゆううつ》の原因はそれだけじゃないけど）

帰り支度をするためにロッカーを開けた尊は、スマートフォンを開く。新規のメッセージはきておらず、かすかな失望が胸の内を満たした。

恋人である瑠璃と顔を合わせなくなって、約一週間が経つ。原因は、互いの仕事の忙しさだ。尊の夜勤シフトと瑠璃の出張が重なり、気づけばもう六日経っていた。

彼女は長野にある画廊所属の作家のアトリエまで出張していて、今日帰ってくる予定らしい。しかし彼女の戻る時間が遅ければ、無理に「会おう」とは言えない。ただでさえ多忙な瑠璃を余計に疲れさせるような真似は、尊にはできなかった。

（でも……）

――本音を言えば、毎日でも会いたいというのが正直な心情だ。瑠璃と気持ちが通じ合い、晴れてつきあうようになってから約一カ月、会う頻度は以前とさほど変わっていない。それは互いの生活サイクルの違いで仕方がないことだったが、尊の中には欲求不満が蓄積されつつあった。

（あー、瑠璃ちゃんに触りたい。抱きしめて、あちこちにキスして、ぐっちゃぐちゃに乱れさせたい……）

彼女への執着は、日々増す一方だ。再会して以降なかなかなびいてくれなかったせいか、瑠璃が「好き」と言ってくれたときは天にも昇る気持ちだった。会うたびにどんどん好きになって、今の彼女への想いは、幼稚園の頃の感情を凌駕《りょうが》するくらいかもしれないと尊は考える。

（……こんなにぞっこんになるなんてな。そりゃ、昔から嫌いじゃなかったけど）

かつては姉弟のような間柄だった自分たちだが、恋人になってからの瑠璃は「姉」とはまったく違う。

学生時代、地味で目立たない容姿だった彼女は、今は人目を引くきれいな大人の女性になった。艶やかなセミロングの髪やタイトなスーツ、控えめに輝くアクセサリーは瑠璃の持つ知的さを引き立て、よく似合っている。尊の前ではいつも笑っていて、くるくると変わる表情が可愛らしく、心をくすぐってやまない。

ほっそりした体型も甘い髪の香りも、抱きしめたときに漏らすあえかな吐息すら、いとおしさを掻《か》き立てていた。会えば想いが募り、だからこそ尊は彼女に「好きだよ」「愛してる」と何度もささやいてしまうのかもしれない。

（くそ、思い出すとムラムラしてきた……やっぱ顔が見たいな）

たとえ瑠璃の帰宅時間が遅くても、会いたい。ほんの少しでも一緒にいたいと思うのは、こちらの我が儘《まま》だろうか。

そんなことを考えて尊が悶々《もんもん》としていると、ふいに手の中のスマートフォンが着信音を立てた。画面に表示されている発信元は、「向原瑠璃」となっている。尊は急いで指を滑らせ、電話に出た。

「もしもし、瑠璃ちゃん？」

『あ、尊？　ごめんね、急に電話して。今日は早番だって言ってたから、もう仕事が終わったかなーと思って電話したんだけど』

更衣室の中は広く、尊と同じ早番で上がる者や、夜勤で出勤してきたばかりのスタッフなどが出入りし、無人ではない。尊はチラリと周囲に目を配り、少し声を抑えて答えた。

「ちょうど今上がって、更衣室に来たところ。瑠璃ちゃんは？　まだ長野？」

尊の問いかけに、瑠璃は「ううん」と否定する。

『早い時間の飛行機に乗れて、実はもうこっちにいるの。さっき空港からオーナーの車で市内に戻ってきたんだけど、「今日は事務所に寄らずに帰っていい」って言ってくれて。今、ラヴィラントホテルの前にいる』

「えっ？」

『だからこれから、会えないかな』

急いで帰り支度をした尊は、足早にエレベーターに乗り込み、守衛に挨拶してホテルの外に出る。途端に蒸れた夏の空気が全身を包み込み、じりじりとした西日が強烈に頭上から降り注いだ。

従業員用の出入り口にほど近い日陰に、スーツケースを横に置いた瑠璃が立っている。尊は彼女に「瑠璃ちゃん」と声をかけた。

「あ、尊。お疲れさま」

こちらを振り向いた瑠璃が、笑顔になる。尊は彼女に歩み寄り、その顔を見下ろした。

「意外に早かったんだね。てっきり帰りは、夜になるのかと思ってた。出張どうだった?」

「すっごく楽しかった。作家さんのアトリエの他に、美術館やギャラリーもいろいろ回れて」

画廊のオーナーである嶋村は、瑠璃が入社してから年に一、二回、こうしたアトリエ訪問と研修を兼ねた出張を企画してくれるという。そもそもアート好きが高じてギャラリーアシスタントになった彼女は、美術鑑賞が趣味だ。充実した表情を見た尊は、微笑ましく思いながら言った。

「疲れてるなら、まっすぐ家に帰って休んだほうがよかったんじゃない? 俺はこうして会えてうれしいけど」

尊の言葉を聞いた瑠璃が、思いがけないことを言われたようにきょとんとする。やがて彼女は、きまり悪そうにモソモソと答えた。

「でも……買ってきたお土産、すぐ渡したかったし」

「別にそれは、次の機会でもよかったのに」

尊の言葉を聞いた瑠璃が、首を横に振る。彼女はこちらを見上げて言った。

「あのね、尊ともう一週間くらい顔を合わせてなかったでしょ？　だからどうしても会いたくて、オーナーにお願いして、ここで下ろしてもらったの。……駄目だった？」

ほんのりと目元を染めてそう問いかけられ、尊の理性がグラリと揺れる。

（……あーもう、可愛い顔しちゃって）

先ほど更衣室で感じていたフラストレーションが、ふつふつと揺り動かされる。彼女の顔を見つめ、尊は押し殺した声で答えた。

「駄目なわけないよ。俺だって、ずっと瑠璃ちゃんに会いたかったんだから」

「そう？　『まっすぐ家に帰って休んだほうが』なんて言うし、尊はそうでもないのかと思った」

そう言って瑠璃がそっぽを向く。拗《す》ねたようなその態度を見た途端、我慢が限界に達して、尊はおもむろに彼女の腕をつかんで歩き出した。

瑠璃が驚いた顔をし、慌ててスーツケースの持ち手をつかむ。

「た、尊？　どうしたの、いきなり」

「ん？　もう限界。早く瑠璃ちゃんに触りたいから、そうできるところに行こうかなって」

「そうできるところ、って……」

ホテルの前に停まっていたタクシーにドアを開けさせた尊は、瑠璃を振り返る。そして彼女の手からスーツケースを受け取り、運転手にトランクに入れてもらいながら、笑って答えた。

「――もちろん、俺の家だよ」


交通機関を使えばだいぶ遠回りになるが、車なら職場のホテルから尊の自宅まで、六分程度の距離だ。

自宅に到着した尊は、玄関の鍵を開ける。最高気温が三十度を超えた今日、室内の蒸し暑さはかなりのもので、あとから入ってきた瑠璃が言った。

「わ、すっごく暑い。部屋の窓開けるの、手伝おうか？」

「うん」

彼女は勝手知ったる足取りで、リビングから順次窓を開けていく。夕方の、ほんのわずか涼しくなった風が室内に吹き込んできて、よどんでいた空気が少しだけ解消された。

スーツの上着を脱いだ尊はソファにそれを放り、目の前を通り過ぎようとした瑠璃の腕をつかむ。

「尊？　まだあっちが――……んっ」

華奢《きゃしゃ》な身体を引き寄せ、顎をつかんで唇を塞ぐ。ぬめる小さな舌の感触、かすかに漏れる甘い吐息に煽《あお》られながら、尊はキスを深くした。

「うっ……ふ、ぁ……っ」

瑠璃の身体を腕の中に抱き込みながら、尊は角度を変え、柔らかな舌や狭い口腔《こうこう》を味わう。ざらつく表面を擦り合わせるたびに唾液がにじみ出し、瑠璃の吐息が熱を帯びた。目を開けると間近でトロリと蕩《とろ》けた眼差しに合って、ますます触れたい気持ちが募る。

「あ……っ」

唇を離した尊は瑠璃の手を引き、寝室へと向かった。雑多な印象の室内は閉め切っているせいで蒸し暑かったが、尊は構わず瑠璃の身体をベッドに押し倒す。そして自身の眼鏡をはずし、ベッドサイドの棚の上に置いた。

「ま、待って、尊」

急に瑠璃が焦った様子で声を上げ、尊は「何?」と問いかける。彼女は上気した顔で言った。

「先にシャワー、使わせて。今日は暑かったし、汗かいて――」

「今は我慢できないから、あとでね」

「ほ、本当に汗臭いの。だから……っ」

慌てる様子が可愛く見え、尊は笑う。

「ふうん、どれどれ」

「ひゃっ！」

彼女の首筋をペロリと舐《な》めると、確かに少し塩気を感じる。だが不快な臭いはまったくせず、尊は瑠璃の顔を見つめて言った。

「ちょっとしょっぱいけど、全然汗臭くなんてないよ。瑠璃ちゃんなら、どんな臭いがしてたって平気」

「あ……っ」

身体を起こした尊は、瑠璃の着ているものを次々と脱がせていく。スーツのジャケットとその下のインナー、スカートとストッキングまで取り去ると、彼女は下着だけの姿になった。

ブラごと胸の丸みをつかみ、尊はきれいなふくらみにキスを落とす。室内はまだ充分明るく、瑠璃が落ち着かなげに足先を動かした。

「ぁっ、尊、カーテン……」

「閉め忘れたね。でもどうせ外からは見えないから、気にしなくて大丈夫だよ」

「でも、明るくて恥ずかしい……」

頬を染めて恥じらう瑠璃に、尊はニッコリ笑いかける。

「うん。久しぶりだし、そうやって恥ずかしがるところも含めてうんと堪能させてもらおうと思ってる」

「えっ？　ぁ……っ」

ブラのカップをずらし、尊はこぼれ出た桜色の頂を親指でいじる。そこはすぐに芯を持って硬くなり、少し力を入れて先端を引っ張ると瑠璃がビクッと身体を揺らした。

「んっ！」

強い刺激で嬲《なぶ》りながら、尊はもう片方のふくらみの先端に吸いつく。舌先で乳暈《にゅううん》をなぞり、尖《とが》りを押し潰し、ときおりきつく吸い上げる動きに、瑠璃が息を乱した。

「ぁっ……は、っ」

部屋の暑さのせいか、瑠璃の肌がじんわりと汗ばんでいく。彼女の手がセットした髪を乱してきて、自身も暑さをおぼえた尊は一旦身体を起こした。そしてベッドサイドにあったリモコンで、扇風機の電源を入れる。

（はあ、暑……）

扇風機のぬるい風を感じながらネクタイを解いて抜き去り、汗ばんだ額に乱れ掛かる髪を掻き上げる。ワイシャツのボタンをいくつかはずした尊は、再び瑠璃の上に覆い被さり、彼女のこめかみに口づけた。

「……好きだよ、瑠璃ちゃん」

それを聞いた瑠璃が目を潤ませ、尊の首に腕を回しながら答えた。

「わたしも……好き。出張中も、ずっと会いたかったの……」

「うん」

ささやくような告白にいとおしさがこみ上げ、尊は瑠璃の頭を抱き込んで彼女に口づける。小さな舌が応えてきて、口づけはすぐに濃厚になった。

「は……っ、ぁ……」

視線と舌を絡ませ、ゆるゆると口蓋を舐めた尊は、ねじ込んだ舌で深く瑠璃の口腔を犯す。ときおり苦しそうな声を漏らしながらも彼女が応えてきて、尊は甘い唾液の味に陶然としつつ、片方の手で瑠璃の脚の間を探った。

「ああ、すっごい……もうトロトロ」

「あっ！」

触れた途端、布越しのそこが既に熱くなっているのがわかって、尊はひそやかに笑う。

「胸だけで感じちゃった？　すごいことになってるよ、ココ」

「んっ、や……っ」

クロッチ部分をずらし、尊は横から下着の中に指を入れる。ぬめる愛液を溢《あふ》れさせた蜜口は熱く蕩けていて、ぬるぬると指が滑った。

指先だけを蜜口に含ませると、粘度のある水音が立つ。わざと浅いところをくすぐって音を立て、ぬめりを纏《まと》わせた指で快楽の芽を押し潰す動きに、瑠璃がビクビクと身体を震わせた。

「ぁ……っ、んっ、は……っ」

足先がもどかしげにベッドカバーを乱し、彼女は声を出すのが恥ずかしいというように口元を押さえながら身をよじる。尊は身体の位置をずらして瑠璃の脚を開かせ、その間に顔を寄せた。

「ぁっ！」

ずらした下着の横から直接舌を這《は》わせると、瑠璃がビクッと腰を跳ねさせる。腕を伸ばしてきた彼女が、尊の髪に触れながら焦った声で言った。

「やっ、シャワー入ってないから……っ」

「気にしないって言っただろ」

「あ、舐めちゃ、駄目……っ」

尊は溢れ出た愛液を舐め、敏感な尖りを舌先で弾く。蕩けた蜜口に舌をねじ込んだり、音を立てて吸ったりする動きに、押さえ込んだ瑠璃の太ももがビクビクと引き攣《つ》った。

「はぁっ、ぁ、尊……」

「瑠璃ちゃん、可愛い……」

「あっ、あっ」

ドロドロになった下着を脱がせ、尊はますます熱心に瑠璃の脚の間に舌を這わせる。中に指を挿れて奥を探ると、彼女が「んんっ」と声を漏らし、達したのがわかった。ようやく身体を起こした尊は瑠璃のブラを取り去り、ふくらみをつかんで唇を寄せる。

「あ……」

先端を舐める動きに息を乱した彼女が、髪に触れてくる。尊がその手をつかんで指先にキスをすると、瑠璃がくすぐったそうにしながら口を開いた。

「……尊……」

「何？」

「何でわたしばっかり、恥ずかしいことをされてるの」

不満げな瑠璃の顔を見た尊は、小さく噴き出す。そして彼女の指先を舐めつつ答えた。

「そりゃあ、瑠璃ちゃんに触りたくて、かなり煮詰まってたからね」

「そんなの、わたしだって同じなのに……」

尊はボタンをはずしてワイシャツを脱ぎ捨て、スラックスの前をくつろげる。避妊具を着ける様子から瑠璃がきまり悪そうに目をそらすのが見え、初心《うぶ》なその態度に笑いがこみ上げた。

(ほんと、しぐさのいちいちが可愛いんだよな……)

もう何度も抱き合い、彼女自身がこちらに触れたりすることもあるのに、瑠璃はときおりこうして昔の頃のような恥じらいを見せる。それがどこかちぐはぐで、同時に彼女らしくも思え、尊は微笑ましい気持ちになった。

「瑠璃ちゃん、挿れるよ」

「あ……っ」

濡れそぼった秘所に自身をあてがい、尊は張り出した亀頭の部分でゆっくりと割れ目をなぞる。ぬるぬるとした愛液を纏《まと》わりつかせたあと、蜜口に先端を押し当てて、一気に腰を進めた。

途端に熱くぬめる内部が屹立《きつりつ》を包み込み、心地よさに息を吐く。

「あー、すっごい狭い……」

「んんっ……」

みっちりとした内壁を擦りながら、尊は硬く張り詰めた自身の欲望を瑠璃の体内に深く埋めていく。隘路《あいろ》を進む感覚にぎゅっと眉を寄せた彼女が、上気した顔でこちらを見た。

「……っ……何か、いつもより硬……っ」

「ああ、たぶん、このあいだ瑠璃ちゃんとして以来、自分で抜いてないからかな」

「は……っ」

根元まで挿入した尊は、そのまましばらく動きを止める。瑠璃が浅い呼吸をしつつ問いかけてきた。

「じ、自分でする、の……？」

「まあ、溜《た》まったら、それなりに。見せようか？　今度」

「えっ、そ、そんな」

狼狽《ろうばい》する様子が可愛くて、尊は彼女の膝をつかみ、奥を突き上げる。そして緩やかに律動を開始しながら、「でも」とささやいた。

「見られながらするのは結構興奮しそうだけど、目の前に瑠璃ちゃんがいるならヤるほうがいいな。気持ちよさが断然違うし」

「あっ……」

動くうちに内部の潤みが増し、粘度の高い水音が立つ。

熱くぬかるんだ体内の奥深くまでねじ込み、柔襞《ひだ》にきつく締めつけられる感触は、尊にえも言われぬ快感を与えた。律動のたびに瑠璃が甘い声を上げ、じりじりと性感を煽られていく。

「ぁっ、はっ、尊……っ……」

「瑠璃ちゃん、あんまり大きな声を出すと、向こうの窓から外に聞こえるかも」

言いながら深いところを突き上げる動きに、瑠璃が涙目で喘《あえ》ぐ。

「……っ……や、声、出ちゃう……っ……」

屹立を根元まで受け入れながらの喘ぎ混じりの訴えに、尊はゾクリと嗜虐心《しぎゃくしん》を刺激される。彼女の膝をつかんで律動を送り込みつつ、尊は身を屈めてささやいた。

「じゃあ、出ないようにしよう。ほら」

「んぅっ……ぅっ、ん……っ」

唇をキスで塞いだ途端、瑠璃がくぐもった声を漏らす。突き上げるたびに狭い中がわななき、蠕動《ぜんどう》する襞がもたらす快楽に尊も熱い息を吐いた。

「は……っ……」

接合部が立てる淫らな水音、ぬるついた舌の感触、蒸れた吐息が、互いの官能をじわじわと高めていく。瑠璃が苦しそうな顔をするのを見た尊は、一旦キスを解いた。唾液で濡《ぬ》れた唇を舐めたり触れるだけの口づけをして、息が整えばまた深いものに変える。

何度も彼女の体内を穿《うが》つうち、気づけば身体がひどく汗ばんで呼吸が乱れていた。やがて瑠璃が、キスの合間にささやく。

「ぁ……っ……も、っ……」

「達《い》きそう？　俺もそろそろヤバい」

彼女の身体を強く抱きしめ、尊は汗ばんだ額に唇を押し当てる。瑠璃が首にきつく抱きついてきて、尊は彼女の片方の膝をつかみ、ますます激しい律動を送り込んだ。

「あっ！　はぁっ……ぁっ……あ……っ！」

瑠璃が達し、隘路がきつく引き絞られる。根元まで深く自身をねじ込んだ尊は、薄い膜越しに熱を放った。

「……っ」

最奥で吐精するあいだ、屹立を包み込んだ内襞がビクビクとわななく。強烈な快感と気だるい疲れが同時に全身を満たし、尊は充足の息を吐いた。

気づけば目の前で、瑠璃がぐったりしている。萎えた欲望を引き抜き、自分と彼女の後始末を終えた尊は、ベッドに横たわって瑠璃の身体を抱き寄せた。

「瑠璃ちゃん、だっこさせて」

「んん……っ」

乱れた髪に顔を埋め、尊は瑠璃の汗ばんだ身体をぎゅっと抱きしめる。

（あー、瑠璃ちゃんの匂いだ……）

たかが一週間会わなかっただけなのに、自分でも呆《あき》れるほど彼女に飢えている。だがこうして腕の中に抱きしめてその体温や匂いを感じると、飢餓感がじわじわと薄れていくような気がして不思議だ。

腕の中でモゾモゾと動いた瑠璃が顔を上げ、ばつが悪そうに言う。

「……もう、汗かいたから嫌だって言ってるのに」

「だって一週間ぶりだから、瑠璃ちゃんが足りなくて」

「尊って、どれだけわたしのこと好きなの……」

呆れたようなつぶやきに、尊は笑って答える。

「世界一かな。誰よりも何よりも、愛してるよ」

じんわりと頬を染めて黙り込む様子を楽しく見つめ、尊は彼女に問いかけた。

「ところでお土産って何？」

「えっと……野沢菜と七味唐辛子。それから軽井沢で有名なショップのコーヒーとか」

「へえ、楽しみだ」

素肌を触れ合わせて瑠璃の乱れた髪を弄びながら、あれこれと他愛のない話をする。たったそれだけのことが楽しくて、尊はじんわりと幸せを感じた。

（ああ、ずーっとこうしてられたらいいのにな……）

互いの仕事が忙しいせいで、一緒にいられる時間が少なすぎるのが難点だ。「会いたい」というこちらの我が儘をゴリ押しすれば瑠璃を寝不足にさせてしまうため、彼女の仕事終わりが遅いときはなかなか口に出せない。

（ま、我慢するしかないんだけどさ）

そのとき瑠璃が何やら考え込んでいることに気づき、尊は彼女に問いかける。

「瑠璃ちゃん、どうかした？」

「えっ？　あ、何でもない。ごめん、シャワー借りてもいい？」

「うん、一緒に入ろうか。髪も身体も、全部洗ってあげるよ」

「い、いいよ、別に」


次の日は土曜日で、瑠璃の仕事が休みである一方、尊は夜勤で夕方からの出勤だった。

前日「帰る」と言った瑠璃を強引に引き止めて自宅に泊まらせた尊は、昼近くに起床したあと、彼女と街中までブランチに繰り出す。

「ごめん、俺も今日休みだったらよかったんだけど」

スーツに眼鏡という出勤スタイルで謝る尊に、瑠璃が笑って答える。

「仕事なんだから、しょうがないよ。夕方までは一緒にいられるんだし、少しでもデートっぽいことができてうれしい。いろいろ見たいお店もあるから、ちょうどよかった」

昨夜は久しぶりの逢瀬《おうせ》とあって、インターバルを挟みながら三度も抱き合ってしまった。ようやく彼女への飢餓感が解消された尊は、ふと前日までの仕事のストレスがきれいに消えていることに気づく。

（……瑠璃ちゃんのおかげかな）

一緒にいるだけで、尊は気持ちが丸くなっていくのを感じる。

彼女と他愛のない話をしたり、何気ないスキンシップをすることは心の癒しになっていて、だからこそ帰宅しようとする瑠璃をつい引き止めてしまうのかもしれない。

イタリアンの店で料理をシェアしながら食事を済ませ、尊は「本屋に行きたい」という瑠璃と外に出た。曇り空の今日は灼熱《しゃくねつ》の暑さではないものの、湿度が高くムシムシしている。街中で一番大きい書店へ向かって歩き、駅の近くまで来たとき、ふと前方で何やら言い争っている男女がいることに気づいた。

（あれは……）

二人は二十歳前後で、男がかなりの剣幕で詰め寄り、女のほうは不貞腐《ふてくさ》れた態度でそっぽを向いている。肩甲骨の下まである艶やかな栗色《くりいろ》の髪、華奢な体型、人形のように整った女の顔はあまりにも見覚えがあるもので、尊は驚きに目を瞠《みは》った。

（……どうしてあいつが、ここに）

前方にいるのは、尊の妹の愛菜だ。瑠璃もそれに気づいたらしく、戸惑った様子でチラリと視線を向けてくる。

尊は一瞬、どうするべきか迷った。幸い愛菜は、まだこちらに気づいていない。彼女は瑠璃に対して強烈な対抗意識を抱いているため、声をかければ面倒なことになるのは目に見えている。

(何か喧嘩《けんか》してるようだけど、見ないふりをするほうが賢明かな……)

しかし次の瞬間、男が愛菜を強く突き飛ばすのが見え、尊は目を見開いた。よろめいた彼女が地面に倒れ込み、道行く人々がざわめく。

「……瑠璃ちゃん？」

そのとき尊の横にいた瑠璃が素早く動き、二人に大股で近寄ると、地面に倒れている愛菜と男の間に割り込む。彼女は男を見上げ、毅然《きぜん》とした口調で言った。

「自分より弱い女の子に暴力振るうなんて、一体どういうつもり？　恥を知りなさい！」

「……っ」

男は突然現れた瑠璃に息をのんだものの、すぐに顔を歪《ゆが》めて口を開いた。

「あんたには関係ねーだろ。こいつ、これまでさんざん人のこと手玉に取って利用したくせに、何の見返りも寄越さないまま『飽きたから、もう会わない』って言ったんだ。馬鹿にするにも程があんだろーが」

「たとえどんな理由があろうと、暴力は正当化できない。言いたいことがあるなら、ちゃんと話し合うべきでしょう？」

愛菜は地面に倒れ込んだ姿勢のまま、呆然《ぼうぜん》と瑠璃の背中を見上げている。男が苛立った様子で舌打ちし、愛菜を庇《かば》う位置に立つ瑠璃を押しのけようとした。

「グダグダ言ってないで、どけよ。余計なことすると、あんたも怪我するぞ」

男が一歩前に踏み出そうとした瞬間、尊は彼に声をかける。

「ストップ、そこまで」

男の手が瑠璃の身体に触れる寸前、尊は背後から彼の肩をつかんで引き離した。男がぎょっとしてこちらを振り返り、ひるんだ表情で言う。

「な、何だよ、あんた……」

「俺は君が今押しのけようとした女性の彼氏で、愛菜の兄だ。これ以上二人を恫喝《どうかつ》したり、暴力を振るおうとするなら、今すぐ警察を呼ぶよ」

「……っ」

「ああ、俺がわざわざ呼ばなくても、他の人が呼んでるかもな。かなり注目されてるし」

男はハッとして周囲を見回し、周りの目が自分たちに集中している事実に気づく。

本当に警察を呼ばれかねない状況を悟ったらしい彼は、悔しそうに顔を歪めた。そして踵《きびす》を返し、その場から立ち去っていく。

尊は密かに安堵の息を吐いた。

（……はあ、すぐ引いてくれて助かった）

先ほど瑠璃がいきなり動いたときは、本当に驚いた。何事もなく済んでよかったものの、一歩間違えれば相手が逆上しかねないシチュエーションだ。

そんなふうに考える尊を尻目に、瑠璃はくるりと振り返ってしゃがみ込み、愛菜の顔を覗《のぞ》き込んで言った。

「大丈夫？　怪我は膝と手のひらだけ？」

愛菜は左の膝と手のひらをひどく擦りむき、血が出ている。まだ周囲の視線がこちらに向いているのに気づいた瑠璃が、愛菜の手を引いて立ち上がらせた。

「こっちに来て。傷の手当てをするから」

彼女は道の横に設置されたベンチに愛菜を座らせ、自分のバッグの中からウェットティッシュを取り出す。そして傷の周りに付いた砂を、丁寧に拭き取った。痛みにわずかに顔を歪ませた愛菜が、小さな声で問いかける。

「どうして、お兄ちゃんとあなたがここに……」

尊は瑠璃の代わりに答えた。

「俺の仕事が夕方からで、それまで二人で過ごすために街まで来てたんだよ。それよりお前、こんなところで痴話喧嘩とか、一体何やってるんだ。暴力を振るった奴のことはまったく支持できないけど、聞けばお前が相手をいいように扱って逆上されたわけだろ」

愛菜が不貞腐れた顔で黙り込む。

先ほどの男いわく、彼女はさんざん相手を利用した挙げ句に「もう会わない」と言ったらしい。それが事実なら、彼の怒りはもっともだ。

尊に詰問された愛菜が、モソモソと答える。

「私は、別に……そういうつもりで会ってたんじゃないの。でも、向こうが勝手につきあってるって考えて、それ以上の要求をしてきたから」

「相手が勘違いするような思わせぶりな態度を取ってたくせに、何言ってるんだ。昔から言ってるだろ、『男を甘く見てると、洒落《しゃれ》にならない事態になるぞ』って」

愛菜がぐっと言葉に詰まる。そのとき愛菜の手当てをしていた瑠璃が、口を開いた。

「――尊、ちょっと言い過ぎ。妹さんは男の人に暴力を振るわれたばかりで、ショックを受けてるんだよ。もう少し優しい言い方をしてあげたら？」

瑠璃は愛菜の傷口に付着した砂を丁寧に拭き取り、ポーチから絆創膏《ばんそうこう》を取り出す。そして大きめのそれを、手のひらと膝に貼りながら言った。

「とりあえずの応急処置はしたけど、家に帰ったらちゃんと消毒してね。それからスカートの土汚れは、ハンドソープを付けて揉《も》み洗いしてみて。大抵の汚れは落ちるから」

瑠璃の言葉を聞いた愛菜が、納得いかない様子で押し黙る。やがて彼女は突然ベンチから立ち上がると、瑠璃を見下ろして強気な口調で言った。

「いきなり現れて余計なことしないで。親切ごかしにこんなことして、お兄ちゃんへのいい人アピールのつもり？　別にあなたに助けてもらわなくたって、私は自分でどうにかできたんだから……っ」

あまりの言い草にカチンときて、尊は愛菜に説教しようと口を開きかける。しかしそれを遮った瑠璃が、淡々と言った。

「別に尊にアピールしようなんて思ってない。ただあなたの怪我がすごく痛そうだったから、見てられなくて手当てしただけ。それに本当は、急に突き飛ばされて怖かったでしょう？　さっきからずっと身体が震えてる」

尊は驚き、愛菜に視線を向ける。

確かに彼女は動揺をあらわにしていて、顔色も悪かった。昔から周囲の愛情や好意に守られてきた愛菜は、暴力的なことに免疫がない。突然の暴行と恫喝に怯《おび》えていても、まったく不思議ではなかった。

瑠璃は愛菜の言葉に気分を害した様子はなく、安心させるように微笑む。そしてそっと彼女の片方の手を握り、優しく言った。

「もしさっきの彼が今後も何か言ってきたり、暴言を吐かれるようなら、周りの人に相談したほうがいいよ。大学の行き帰りのときとかに待ち伏せされる可能性がある場合は、なるべく一人にならないほうがいいかも」

愛菜はしばらく無言で瑠璃の顔を見つめていたが、やがて小さく頷《うなず》く。瑠璃がこちらを見上げて言った。

「妹さん、家まで送ってあげたほうがいいんじゃない？　怪我してるし」

「実家まで送り届けるのは時間的に厳しいから、タクシーに乗せるしかないな。ちょうどそこに停まってる」

尊がそう言うと、愛菜がポツリと言った。

「大丈夫。……一人で地下鉄で帰れる」

「そっか。じゃあ寄り道しないで、まっすぐ帰れよ。瑠璃ちゃんが言ったとおり、さっきの男がまた何かしてくるようなら相談しろ。対策を考える」

愛菜が弾かれたように顔を上げ、問いかけてくる。

「いいの？　お兄ちゃんに連絡しても」

「前みたいにしつこくされるなら、お断りだ。でも、相手が変にこじれてストーカーになったりしたら大変だからな。相談ならちゃんと受けるし、返事もする」

尊の言葉を聞いた愛菜が、目を輝かさせて頷く。尊は「それから」と言葉を続けた。

「瑠璃ちゃんに、ちゃんとお礼を言ってほしい。確かにお前の顔を知ってたとはいえ、あれだけ激昂《げきこう》してる相手に立ち向かうのは、かなりの勇気が必要だったと思う。事実、周りにあれだけ人がいたのに、お前を助けるために動いてくれたのは瑠璃ちゃん一人だったろ？　その意味をよく考えろ」

愛菜はうつむき、しばらく沈黙していた。やがて彼女はチラリと瑠璃に視線を向け、小さく言う。

「……ありがとう、ございました」

愛菜のお礼の言葉を聞いた瑠璃が、ニコッと笑う。彼女は愛菜を見つめて答えた。

「いえ。どういたしまして」

愛菜が駅の方向に向かって去っていき、尊はホッと一息つく。突然妙なことに巻き込まれて戸惑ったものの、事態が収まって安堵していた。

瑠璃がこちらを見上げ、笑って言う。

「何かびっくりしちゃったね。こんな街中で妹さんに会うなんて、すっごい偶然。でも、大事《おおごと》にならなくてよかった」

尊は彼女に向き直り、先ほどのことを詫びる。

「ごめん、瑠璃ちゃん。せっかく愛菜のことを助けてくれたのに、あいつ、変に突っかかったりして」

「ううん。たぶんあの子も動揺してたんだろうし、気にしてないよ」

瑠璃の明るい表情に申し訳なさをおぼえた尊は、腕を伸ばして彼女の手に触れる。細い指を握り込み、瑠璃を見下ろして言った。

「でも、あんな無茶はもうしないでほしい。愛菜はある意味自業自得だけど、瑠璃ちゃんだって本当は怖かっただろう？」

「あのときは夢中で、気づいたら二人の間に割り込んでたから。でも今思えば、確かに無茶だったかもね。尊の妹だと思うと、どうしても放っておけなくて」

そう言って瑠璃は、柔らかな微笑みを浮かべる。それを見た尊は、しみじみと思った。

（瑠璃ちゃんの面倒見の良さは、昔から変わってないんだな。本当は愛菜に対して思うところがあるだろうに）

――瑠璃のそうした部分を、尊は素直に尊敬する。困っている人間がいたら手を差し伸べずにいられない、そんな彼女の優しさや真面目さを、心からいとおしく思う。

細い指を握る手に力を込め、尊は瑠璃に告げた。

「あのさ、瑠璃ちゃん。いきなりこんなこと言うのも何だけど……俺と一緒に住まない？」

「えっ？」

「瑠璃ちゃんは仕事で帰りが遅い日が多いから、今までは会いたいと思っても、誘うのに二の足を踏んでた。俺は夜勤がある不規則な仕事だし、このままだと会う頻度が増えることはほぼないと思う」

尊は畳みかけるように言葉を続けた。

「本音を言えば、俺は現状にまったく満足してないんだ。でも同じ家で暮らしたら、毎日少しでも一緒にいられる。もっと顔を見て、瑠璃ちゃんを甘やかしたいって思うのは、俺の我が儘かな」

瑠璃は戸惑った顔で瞳を揺らし、「……えっと」と何か言いよどむ。そこでふと思いつき、尊は彼女の顔を覗き込んだ。

「っていうか、いっそもう結婚しちゃおうか」

「えっ」

「結婚すれば、堂々と一緒に住める。俺が瑠璃ちゃんを愛してるのは揺るぎない事実で、この先十年、二十年一緒にいるって想像しても、まったく違和感がない。だったら籍を入れても構わないかなって」

我ながら、妙案だ。そうすれば瑠璃との間に確かな絆《きずな》ができ、彼女を独占できる。

そう考える尊を見て、瑠璃が盛大に吹き出した。彼女はどこか面映ゆそうに笑いながら、口を開く。

「こんな道端で、いきなりそういうこと言うのってどうなの？　……でもわたしも同じふうに思ってた。会えば楽しくて、時間があっという間に過ぎて、もっと一緒にいられたらいいのになって」

瑠璃が「本当は、もう少し恋人としての時間を楽しもうって考えてたんだけどね」と言葉を続けて、尊は勢い込んで言った。

「じゃあ――」

その瞬間、瑠璃が悪戯っぽく目をきらめかせる。彼女は本屋に向かって歩き出し、二歩先からこちらを振り向いて言った。

「返事は、尊の夜勤が終わった明日のお昼にしようかな。それまでどうするか考えておくから、尊は仕事をしながらやきもきしててね」

答えをはぐらかされた尊は、肩透かしを食った気持ちになる。

だがこちらを見る瑠璃の表情は、いたって楽しそうだ。無邪気な様子にいとおしさをおぼえ、尊は笑って答えた。

「……そっか。じゃあ明日の昼まで、楽しみにしてる」

「うん。お得意のクールな表情で、お仕事頑張って」

曇り空の隙間から、午後の日差しが降り注いでくる。吹き抜けた緩やかな風が瑠璃のスカートの裾を揺らし、尊はそんな彼女の後ろ姿を眩《まぶ》しく見つめた。

瑠璃と一緒にいられる時間が増えると思うだけで、尊の心は躍る。いつも表情を変えずに泰然としているのがフロントクラークとしての基本だが、このあとフロントでポーカーフェイスを保つのはかなり難しそうだ。

（……ゲストの前でニヤけないように、気を引き締めなきゃな）

そう考えながら、彼女との未来について思いを馳《は》せ、尊はじんわりとこみ上げる幸せを噛《か》みしめた。

あとがき

こんにちは、もしくは初めまして、西條六花です。

蜜夢文庫さんで二冊目となるこちらの作品は、昨年十二月に電子書籍にて刊行されました「不埒な溺愛　年下ホテルマンに甘く捕獲されかかっています」の文庫版となります。改稿し、書き下ろし番外編を含めた新装版となりました。

元々は、ヒロインを「ちゃん付け」で呼ぶ甘いヒーローを書きたい、というところからできたお話です。喪女の瑠璃が、リア充男子高校生である幼馴染の尊に初体験につきあってもらい、それから十一年後に再会して――というストーリーになっています。

現代物のお話の難しさなのですが、ヒロインのギャラリーアシスタント、そしてヒーローのホテルマンという職業を落とし込むのが、なかなか大変でした。

ヒーローの尊は、わたしの書く作品の中でもかなりの溺愛ヒーローですね。二人がちゃんとしたカップルになるところで電子版は終わっているので、今回収録の書き下ろし番外編で、いかに彼が瑠璃にぞっこんなのかを堪能していただけたらと思います。

また、ヒロインの瑠璃はかつて喪女だったものの、今はそれなりの容姿になっている女性です。彼女は基本的に面倒見のいい姉属性なので、将来的には尊の妹の愛菜ともそれなりに上手くやっていくのかな？　という気がします。

（キャンキャン吠えて突っかかってこられても、「うんうん、わかるよー」とニコニコしているうちに、いつのまにかおとなしくなっている感じで）

今回の挿絵は、千影透子さまにお願いいたしました。まだラフしか見ていないのですが、お仕事仕様の尊も、オフの尊も、どちらも素敵で色気があり、眼福です。瑠璃もとても可愛らしく描いていただけているので、仕上がりをとても楽しみにしています。

こちら北国も徐々に夏らしい天候になってきました。この作品が、皆さまのひとときの娯楽になれましたら幸いです。

またどこかで、お会いできることを願って。

西條六花

再会は、大人の恋のはじまり
彼は私の身体で熱情を奏でる
ジャズピアニスト×初恋の同級生

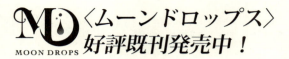

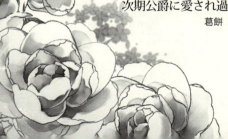

本書は、電子書籍レーベル「らぶドロップス」より発売された電子書籍を元に、加筆・修正したものです。

年下幼なじみと二度目の初体験？
逃げられないほど愛されています
２０１８年７月３０日　初版第一刷発行

著…………………………………………………………… 西條六花
画…………………………………………………………… 千影透子
編集……………………………… 株式会社パブリッシングリンク
ブックデザイン………………………………………… おおの蛍
（ムシカゴグラフィクス）
本文ＤＴＰ……………………………………………… ＩＤＲ

発行人…………………………………………………… 後藤明信
発行…………………………………………………… 株式会社竹書房
〒102-0072　東京都千代田区飯田橋２－７－３
電話　03-3264-1576（代表）
03-3234-6208（編集）
http://www.takeshobo.co.jp
印刷・製本………………………………… 中央精版印刷株式会社

ISBN978-4-8019-1541-1　C0193
Printed in JAPAN